참회록

참회록

레프 톨스토이

박형규 옮김

Исповедь
Лев Толстой

문학동네

일러두기

1. 번역 대본으로는 모스크바 예술문학출판사에서 1978~1985년에 발간한 톨스토이 저작집 전22권 중 제16권 『사회정치 평론 1855~1886』(1983년)을 사용했다. *Исповедь*(Л. Н. Толстой. Собрание сочинений: в 22-х т. т. 16. М.: Худож лит.

2. 원주 표시가 없는 주석은 모두 옮긴이주다.

3. 외래어 표기는 국립국어원 외래어표기법에 준했다.

4. 러시아어 외 외국어는 이탤릭체로 처리했고, 강조한 부분은 고딕체로 처리했다.

5. 성서의 인용은 공동번역에 따랐다.

차례

1

나는 정교회 신앙 안에서 세례를 받고 양육되었다. 유년 시절, 소년 시절, 청년 시절에 걸쳐 줄곧 이 신앙의 가르침을 배웠다. 그러나 열여덟 살에 대학 2학년을 중퇴했을 때, 나는 그때까지 배워온 그 가르침을 전혀 믿지 않게 되었다.

기억을 돌이켜보면 나는 진지하게 신앙을 가진 적이 없었고, 그때까지 배워온 것과 어른들이 가르쳐준 것을 막연히 믿었을 뿐이었다. 하지만 그 믿음은 무척이나 불안정했다.

내가 열한 살 때쯤, 오래전 고인이 되었지만 당시 김나지움 학생이던 볼로덴카 M*이 어느 일요일 우리집에 찾아와 최신 뉴스라도 되는 양 김나지움에서 발견한 것을 알려주었다. 그에 따르면 신은 존재하지 않으며, 우리가 신에 대해 배운 것은 모두 허구였다(1838년의 일이다). 형들은 무척 흥미로워했고 그 토론에 나도 끼워주었다. 토론은 활기가 넘쳤고 우리가 보기에 그 발견은 아주 흥미롭고 그럴싸했다.

당시 대학생이던 드미트리 형이 뭔가에 쉽게 잘 몰두하는 천성 덕인지 홀연히 신앙에 의탁해 빠짐없이 예배에 나가고 재계를 지키며 순결하고 도덕적인 생활을 시작했던 것이 기억난다. 우리는 물론 어른들까지도 줄곧 비웃으며 무슨 이유인지 그를 '노아'라고 불렀다. 당시 카잔대학교 교육감독관이던 무신-푸시킨이 우리를 무도회에 초대했는데 형이 거절하자, 다윗도 성궤 앞에서 춤을 추지 않았느냐며 비웃는 조로 형을 설득했던 일도 기억난다. 당시 어른들의 이런 농담에 공감한 나는 교리문답을 공부하고 교회도 다녀야 하지만 이 모든 것을 너무 진지하게 여길 필요는 없다는 결론을 내렸다. 아주 어렸을 때 볼테르를 읽으며, 그의 조소가 반감을 일으키기는커녕 무척 유쾌했던 기억도 난다.**

---

* 블라디미르 밀류틴(1826~1855). 대학 시절 작가로 주목받았고, 페테르부르크대학 공법 및 경찰법 교수가 되었으나 스물아홉 살에 자살했다.

** 볼테르는 『에디프』 『자이르』 『라 앙리아드』 『마호메트』 『루이14세의 시대』 등의 저서에서 교회와 성직자 계급을 비판했다.

나와 교양 수준이 비슷한 사람들이 겪었거나 겪는 것처럼 나 역시 마음속 깊이 신앙으로부터 멀어지고 있었다. 대부분 다음과 같은 경우에 신앙으로부터 이탈하는 듯하다. 사람들은 다른 사람들이 사는 대로, 그러니까 종교의 가르침과 아무 상관 없을 뿐 아니라 오히려 그 가르침을 거스르는 원칙에 따라 산다. 종교의 가르침은 삶과 아무 상관 없어서 사람들과 어울릴 때도 별문제가 되지 않고 개인의 삶에서도 그 가르침을 따르기 위해 애쓸 필요가 없다. 종교의 가르침은 삶과 아주 멀고 무관한 저 어딘가에서 신봉된다. 종교의 가르침과 충돌하는 일이 일어나더라도 그건 그냥 삶과 관련 없는 피상적 현상일 뿐이다.

예나 지금이나 생활이나 행동을 보고 신자와 비신자를 구분하기란 불가능하다. 열성적인 정교회 신자와 정교회를 부정하는 사람 사이에 차이가 있다 해도, 그것은 결코 신자에게 유리할 게 없다. 예나 지금이나 정교회 신앙을 인정하고 믿는 사람들은 대부분 우둔하고 잔인하고 부도덕하고 자기밖에 모른다. 지혜, 정직, 성실, 선량, 덕성은 오히려 신앙이 없다고 말하는 사람들에게서 발견된다.

학생들은 학교에서 교리문답을 배우고 교회에 다녀야 한다.

관리들은 성체성사를 했다는 증명서가 있어야 한다. 그러나 더이상 학문을 닦지도 않고 관직에 있지도 않은 우리 계층의 사람들은 오늘날에도, 옛날에는 특히 더 그랬지만, 자신이 그리스도인들 가운데서 살아가는 정교회 신자라는 사실을 전혀 의식하지 않고도 수십 년을 살아갈 수 있다.

그래서 예나 지금이나 막연한 믿음 덕분에 받아들여지고 외부의 압력으로 버티고 있는 종교의 가르침은 이와 상반되는 실제 삶의 경험과 지식에 밀려 점차 사라져가고 있고, 사람들은 유년 시절부터 배운 그 가르침이 이미 오래전 흔적도 없이 사라졌는데도 그것이 여전히 자기 안에 온전히 있다고 착각하며 오래오래 살아간다.

총명하고 성실한 S가 신앙을 버린 이유를 내게 들려주었었다. 스물여섯 살 무렵 어느 날, 그는 사냥을 나가 노숙을 하게 되었는데, 잠자리에 들기 전 어린 시절부터 해온 습관대로 기도를 드리기 위해 일어섰다. 함께 사냥을 나온 형이 마른풀 위에 누워 그 모습을 지켜보았다. S가 기도를 마치고 잘 채비를 하자 형이 말했다. "너는 아직도 그걸 하니?" 두 사람은 더이상 아무 말도 하지 않았다. S는 그날부터 기도를 그만두었고 교회에 나가지도 않았다. 그렇게 삼십 년 동안 그는 기도도 하지 않았고, 성체성사도 하지 않았고, 교회에 나가지도 않았다. 형의 신념에 공감했거나 S가 스스로 내면의 문제를 해결했기 때문이 아니라 형의 입에서 나온 그 한마디가 제 무게에 쓰러지려던 벽을 슬쩍 밀어준 손가락처럼 작용했기 때문이다. 그 한마디는 그가 신앙이라고 생각하던 뭔가가 이미 오래전에 공허한 형식이 되었다는 것, 따라서 기도문도, 성호도, 기도를 올리며 연신 허리를 숙이는 일도 모두 무의미하다는 것을 알려주었다. 무의미함을 깨닫자 그런 행위들을 계속할 수 없었다.

아주 많은 사람이 이런 일을 겪어왔고, 지금도 겪고 있다. 나는 지금 우리와 교양 수준이 비슷한 사람들, 즉 스스로에게 솔직한 사람들에 대해 말하는 것이지, 어떤 일시적인 목적을 위해 신앙을 이용하는 사람들에 대해 말하는 것이 아니다. (이런 사람들이야말로 근본적으로 신앙이 없는 자들이다. 세속적인 목적을 위해 이용되는 신앙은 결코 참된 신앙이 아니기 때문이다.) 앎과 삶이라는 빛이 신앙이라는 허위의 건물에 불을 지르자 우리와 교양 수준이 비슷한 사람들 중 일부는 곧장 깨달아 그 건물을 없애버렸고, 또다른 일부는 아직 깨닫지 못하고 있다.

유년 시절부터 배운 종교의 가르침은 다른 사람들과 마찬가지로 내 안에서도 소멸했지만, 다만 차이가 있다면 나는 일찍이 많은 것을 읽고 생각한 덕에 꽤 이른 나이에 의식적으로 종교의 가르침을 거부했다는 것이다. 나는 열여섯 살 때 기도를 그만두었고, 교회에 나가는 것도, 재계를 지키는 것도 스스로 그만두었다. 나는 유년 시절부터 배워온 것을 더이상 믿지 않았지만, 그래도 뭔가를 믿고 있었다. 무엇을 믿는지는 결코 말할 수 없었다. 나는 신을 믿고 있었다, 아니, 신을 부정하지 않았고, 그러면서도 어떤 신인지 말할 수 없었다. 나는 그리스도도, 그의 가르침도 부정하지 않았지만 그 가르침이 무엇인지 말할 수도 없었다.

그때를 회상하면 그 무렵 나의 유일하고 참된 신앙, 즉 동물적 본능 외에 내 생활을 움직이던 것은 분명 완성에 대한 신앙이었다. 그러나 완성이 무엇이고, 그 목적이 무엇인지 말할 수 없었다. 나는 나 자신을 지적으로 완성하기 위해 생활에서 마주치는 모든 것을 배우고자 했다. 나는 나의 의지를 완성하기 위해 스스로 여러 가지 규칙을 만들어 지켰다. 또한 체력과 민첩성을 키우는 훈련을 하고 인내력과 지구력을 기르기 위해 스스로를 모든 결핍에 길들이면서 육체적으로도 나를 완성하고자 했다. 나는 이 모든 것을 완성이라고 생각했다. 첫째 목적은 두말할 것도 없이 도덕적 완성이었지만, 그것은 곧 일반적인 완성에 대한 욕망으로, 즉 자신과 신 앞에서가 아니라 남들 앞에서 더 훌륭한 사람이 되려는 욕망으로 바뀌어버렸다. 남들 앞에서 더 훌륭한 사람이 되려는 욕망은 어느 순간 남들보다 더 힘있는 사람이 되려는 욕망으로, 남들보다 더 명예가 있고, 더 지체 높고, 더 부유해지려는 욕망으로 바뀌어버렸다.

2

　젊은 시절, 눈물 겨운 그 십 년의 세월, 누군가에게 교훈이
될 수도 있을 내 삶의 역사를 언젠가는 이야기하리라. 많은 이
가 아마 나와 같은 경험을 했을 것이다. 나는 선한 사람이 되길
진심으로 바랐지만, 너무 젊었고, 열정이 넘쳤다. 게다가 선을
추구하던 무렵의 나는 철저히 외톨이였다. 도덕적으로 훌륭
한 사람이 되겠다는 참된 소망을 드러낼 때마다 모멸과 조롱
에 부딪혔다. 그러나 저속한 열정에 몸을 맡길 때에는 칭찬과
격려를 받았다. 공명심, 권력욕, 사욕, 애욕, 자만심, 분노, 복수
심, 이 모든 것은 존중되었다. 나는 이따위 열정에 몸을 불태우
며 어른 냄새를 진하게 풍기는 인간이 되어갔고, 다들 만족스

러워했다. 우리집에 함께 살던 순수하고 선량한 숙모도 언제나 말하길, 내가 기혼 여성과 교제한다면 더 바랄 것이 없겠다고 했다. "고귀한 여성과 교제하는 것만큼 젊은이의 교육에 도움되는 것도 없단다." 그녀는 내가 부관副官이 되길, 좀더 욕심을 내자면 황제의 부관이 되는 행복을 누리길 바랐고, 나아가 부유한 집안의 딸과 결혼해 되도록 많은 하인을 거느리는 가장 큰 행복을 누리길 바랐다.

공포와 혐오와 아픔 없이는 그 시절을 떠올릴 수 없다. 나는 전쟁에 나가 많은 사람을 죽였고, 남을 죽이기 위해 결투를 신청했고, 카드놀이로 큰돈을 잃었고, 농민들이 노동한 결실을 헛되이 먹어 없앴을 뿐만 아니라 그들을 처벌했고, 간음했고, 사람을 속였다. 기만, 절도, 온갖 음행, 폭음, 폭행, 살인…… 세상에 저지르지 않은 죄악이 없을 정도였는데도 나는 칭찬받았고, 내 동년배들은 나를 비교적 도덕적인 인간이라 여겼으며 지금도 그렇게 여긴다.

그렇게 십 년을 살았다.

그 무렵 나는 허영과 사욕과 자만심에 사로잡혀 글을 쓰기 시작했다. 나는 글을 쓸 때도 생활에서 저지르던 짓을 되풀이했다. 글을 써서 명예와 부를 얻기 위해서는 선을 감추고 악을 드러내야 했다. 나는 그렇게 했다. 삶의 의미를 이루던 선에 대한 갈망을 무관심도 모자라 가벼운 조소 아래 감추려고 얼마나 꾀를 짜냈던가! 나는 목적을 달성했고 사람들은 나를 칭찬했다.

스물여섯 살 되던 해에 나는 전장에서 페테르부르크로 돌아와 문인들과 교류했다. 그들은 나를 동료로 맞아주고 치켜세웠다. 주위를 돌아볼 겨를도 없이 나는 문인 계층 특유의 인생관에 물들어, 보다 선한 사람이 되려 기울였던 그간의 모든 노력을 내 안에서 깨끗이 지워버렸다. 그런 인생관은 내 삶의 방탕함을 정당화하는 이론을 낳기에 이르렀다.

그 사람들, 글을 쓰던 동료들의 인생관에 따르면 대체로 삶이란 발전하는 것인데 우리처럼 사유하는 사람들이 그 발전에 주된 역할을 하며, 그중에서도 특히 우리 예술가들, 시인들이 그렇다. 우리의 소명은 세상 사람들을 가르치는 것이다. '나는 무엇을 알고 있고, 무엇을 가르칠 수 있는가'라는 자연스러운 의문을 가져서는 안 되었다. 그들의 이론에 따르면, 그런 것은 무릇 알 필요도 없고 예술가와 시인은 그저 무의식적으로 가르치기만 하면 되었다. 나는 스스로를 대단한 예술가이자 시인이라 여겼기에 당연히 그 이론을 내 것으로 삼았다. 예술가

이자 시인인 나는 무엇을 써야 하는지, 무엇을 가르쳐야 하는지 모른 채 글을 썼고, 가르쳤다. 그 대가로 돈을 받았고, 훌륭한 음식과 저택, 여자들, 인간관계, 명성을 얻었다. 그렇게 내가 가르치는 것은 더할 나위 없이 훌륭하다고 믿게 되었다.

시詩의 사명, 삶의 발전에 대한 믿음이야말로 참된 신앙이었고 나는 그 신앙을 지키는 사제였다. 그런 사제가 된다는 것은 참으로 유쾌하고 수지맞는 일이었다. 그래서 꽤 오랫동안 그 신앙 속에서 살며 그 진실성을 의심하지 않았다. 그러나 그렇게 산 지 이 년째 되던 해, 특히 삼 년째 되던 해에 나는 그 믿음의 무오류성을 의심하기 시작했고 새삼 검토하기에 이르렀다. 의심을 품게 된 첫번째 계기는 그 신앙의 사제들이 모두 같은 의견을 갖고 있지 않다는 사실을 알아차린 것이었다. 누군가는 이렇게 말했다. 우리는 가장 훌륭하고 유익한 교사이며 정말 필요한 것을 가르치는데, 다른 자들은 그릇된 것을 가르친다. 또 어떤 이는 이렇게 말했다. 아니, 우리야말로 참된 교사이고, 당신들이 가르치는 것은 그릇된 것이다. 이렇게 사람들은 논쟁하고 싸우고 욕하고 서로를 속였다. 어느 쪽이 옳고 어느 쪽이 그른가에는 관심 없이 그저 그런 활동으로 사리사욕만 채우는 사람도 많았다. 이 모든 것 때문에 나는 우리 신앙의 진실성을 의심하게 되었다.

게다가 나는 작가들의 신앙 자체가 진실한 것인지 의심스러워 더 주의깊게 관찰했고, 마침내 이 신앙의 사제들, 즉 작가들은 거의 모두가 부도덕하다고, 하찮고 비열하다고, 내가 과거 군대에서 방탕하게 살 때 만난 사람들보다 훨씬 더 저속하다고, 아주 성스러운 사람 아니면 성스러움이라고는 조금도 모르는 사람에게나 가능할 법한 철저한 자기과신과 자기만족에 빠져 있다고 확신하게 되었다. 나는 그들은 물론이고 나 자신도 혐오했고, 그 신앙이 기만임을 깨달았다.

하지만 참으로 괴이하게도, 그 신앙의 모든 거짓을 이내 깨닫고 거부했으면서도 나는 그들이 나에게 준 지위, 즉 예술가, 시인, 교사라는 지위는 거부하지 못했다. 나는 시인이고 예술가이므로 무엇을 가르치는지 몰라도 모두를 가르칠 수 있다고 순진하게 생각했다. 그리고 그렇게 행동했다.

그런 사람들과 가까이 지내면서 나는 병적일 정도로 부푼 자만심, 무엇을 가르치는지도 모르면서 사람들을 가르치는 소명을 받았다는 광적인 자신감이라는 새로운 악덕을 얻었다.

당시 나와 그들의 심리 상태를 돌이켜보면(그런 자들은 지금도 수없이 많지만) 가엾으면서도 무섭고 우습기까지 하다.

정신병원을 방문할 때 느끼는 바로 그런 기분이 든다.

그 무렵 모두가 되도록 빨리, 되도록 많이 말하고 쓰고 인쇄해서 발표해야 한다고, 인류의 행복을 위해 꼭 그래야 한다고 믿어 의심치 않았다. 그래서 우리 수천 명의 작가들은 서로를 부정하고 비난하며 글을 쓰고 인쇄하여 사람들을 가르치려 들었다. 우리 자신이 아무것도 모른다는 것을, 삶의 가장 단순한 질문, 즉 무엇이 선이고 악이냐는 질문조차 어떻게 답해야 할지 모른다는 사실도 깨닫지 못한 채 남의 말은 듣지도 않고 일제히 떠들어대기 바빴고, 때로는 다른 이들로부터 동의와 칭찬을 얻기 위해 서로 동의하고 칭찬했고, 때로는 영락없는 정신병자들처럼 심하게 흥분해서는 서로 고함을 질러댔다.

수천의 노동자가 안간힘을 다해 밤낮없이 수백만 개 단어를 조판하고 인쇄하고 나면 우체국은 그것을 러시아 방방곡곡으로 배달했다. 우리는 가르치고 가르치고 또 가르쳤지만, 모든 것을 다 가르칠 수는 없는 법이었고 우리의 말에 귀기울이지 않는다고 줄곧 화만 냈다.

참으로 기이한 일이었지만, 이제는 이해가 간다. 최대한 많은 돈과 찬사, 바로 이것을 우리는 진심으로 원했다. 이 목적을 달성하기 위해 우리가 할 수 있는 일은 책을 쓰고 신문에 글을 신는 것뿐이었다. 우리는 그렇게 했다. 그런 쓸모없는 일을 하면서도 스스로 아주 중요한 사람들이라고 확신하기 위해 활동을 정당화할 논거가 필요했다. 그래서 우리는 이론을 꾸며냈다. 존재하는 모든 것은 이성적이다. 존재하는 모든 것은 발전한다. 모든 것은 계몽을 통해 발전한다. 계몽의 정도는 책과 신문의 보급 정도에 따라 측정된다. 그러므로 책을 쓰고 신문에 글을 실으며 금전적 보수와 존경을 받는 우리는 가장 유익하고 훌륭한 사람들이다. 우리 모두가 이 이론에 동의했다면 더할 나위 없이 좋았겠지만, 누군가 의견을 내면 정반대의 의견이 나오기 마련이며 따라서 우리도 우리 자신의 의견을 다시 검토해야 마땅했다. 하지만 우리는 그러지 않았다. 우리 모두 금전적 보수를 받고 있었던데다 같은 당파 사람들이 치켜세우자 자연스레 스스로 옳다고 생각했던 것이다.

우리 무리가 미치광이들과 아무런 차이가 없었다는 것을 지금의 나는 잘 알고 있다. 그러나 당시에는 막연한 의심만 품었을 뿐이었고, 미치광이들이 다 그렇듯 나도 다른 모든 사람을 미치광이라 불렀다.

3

    나는 그렇게 결혼 전 육 년 동안 광기에 빠져 살았다. 그 시기에 외국에도 다녀왔다. 유럽에서 생활하며 학식 있는 유럽인들과 교제하는 사이 내 생활의 바탕이던 일반적 완성에 대한 욕망의 신앙이 한층 굳어졌는데, 그들에게서도 같은 신앙을 발견했기 때문이었다. 그 신앙은 우리 시대 교양 있는 사람들 대다수가 지니는 통상적인 형태를 띠었다. 사람들은 그것을 '진보'라는 말로 표현했다. 당시에는 그 한마디가 중요한 뭔가를 표현한다고 생각되었다. 살아 있다면 고민할 수밖에 없는 질문, 즉 '더 나은 삶을 살기 위해 어떻게 해야 하는가?'라는 질문에 진보라는 원칙에 따라 살라고 답하는 것은 파도에 실려 바람 부는 대로 표류하는 사람이 '어디로 가야 하는가?'라는 유일하고 중차대한 물음에 '어딘가로 데려다주겠지'라고 답하는 것과 마찬가지임을 나는 깨닫지 못했다.

그때의 나는 정말 알지 못했다. 사람들이 삶에 대한 몰이해를 숨기는 데 쓰는 미신에, 우리 시대의 공통적인 미신에 이성이 아니라 감정으로 간간이 저항할 뿐이었다. 이를테면 파리에서 사형 집행을 목도하고 진보에 대한 나의 미신이 얼마나 불안정한 것인지 깨달았다. 머리통이 몸통에서 떨어져나와 각각의 상자 속으로 떨어지는 것을 본 순간, 존재하는 모든 것은 이성적이라는 이론도, 진보에 대한 이론도 결코 그 행위를 변호하지 못하리라는 것을 머리가 아니라 온 마음으로 깨달았고, 세상이 창조된 이래 모든 사람이 온갖 이론을 끌어와 사형이 필요한 제도라고 주장해왔다 하더라도 그것은 결코 필요하지 않은 일이며, 오히려 악한 일이라는 것, 선하고 필요한 일에 대한 판단은 사람들의 언행이나 진보의 법칙이 아니라 고동치는 심장을 가진 나 자신이 해야 하는 것임을 깨달았다. 진보라는 미신이 인생에서 얼마나 불완전한 것인지 깨닫게 된 또하나의 사건은 형의 죽음이었다. 형은 천성이 총명하고 선량하고 진지한 사람이었지만, 젊어서 병에 걸려 일 년 넘게 투병하다 무엇 때문에 세상에 태어났는지 깨닫지 못한 채, 무엇 때문에 죽어야 하는지는 더더욱 깨닫지 못한 채 고통스럽게 죽었다. 형이 고통 속에서 서서히 죽어가는 동안, 어떤 이론도 형과 나에게 그 질문에 대한 답을 주지 못했다.

그러나 이 역시 진보라는 신앙을 의심하게 된 아주 드문 경우였을 뿐, 실생활에서는 여전히 그 신앙을 신봉하며 살아가고 있었다. '만물은 발전하고, 나도 발전한다. 어째서 내가 만물과 더불어 발전하는지는 머지않아 분명히 알게 될 것이다.' 당시에는 나의 신앙을 이렇게 표명할 수밖에 없었다.

외국에서 돌아온 나는 시골에 자리잡고 농민학교 사업에 몰두했다. 이 일은 유난히 마음에 들었는데, 예전에 문단의 교사로 활동할 때 지나칠 정도로 눈에 거슬렸던 허위가 시골에는 없었기 때문이다. 여기서도 나는 역시 진보라는 이름으로 활동했지만, 이미 진보 자체에 대해 비판적이었다. 몇몇 경우에서 진보는 옳지 않은 방향으로 실천되고 있었으므로 원초적이고 순박한 농민의 아이들을 스스럼없이 대하면서 그들이 원하는 진보의 길을 스스로 자유롭게 선택할 수 있도록 도와주자고 다짐했다.

그러나 나는 여전히 무엇을 가르쳐야 하는지 모른 채 가르친다는 문제, 아직 해결하지 못한 문제의 주위를 쳇바퀴처럼 돌고 있었다. 문단 활동을 할 때는 무엇을 가르쳐야 하는지 모른 채 가르칠 수 없다는 것을 분명히 깨달았는데, 사람들이 저마다 다른 것을 가르치고 있었을 뿐만 아니라 논쟁을 통해 그들 자신이 무지를 숨기고 있다는 사실만 드러났기 때문이다. 그러나 시골에서 농민의 아이들을 가르치는 경우에는 아이들이 바라는 것을 가르친다면 이 어려움을 타개할 수 있으리라 생각했다. 대체 무엇이 필요한지 나 자신조차 모르기 때문에 아무것도 가르칠 수 없다는 것을 마음속 깊이 잘 알면서도 뭔가를 가르치는 욕망의 만족을 위해 헛되이 허우적거리던 그때를 돌이켜보면 참으로 우스꽝스럽다. 학교 일에 매진하며 일년을 보낸 뒤, 스스로 아무것도 알지 못하면서 남을 가르치려면 어떻게 해야 할지 알아보기 위해 다시 외국으로 나갔다.

외국에서 그 방법을 배웠다고 생각한 나는 새로운 지식으로 무장하고 농노해방이 있던 해*에 호기롭게 러시아에 돌아와, 분쟁조정관의 한 자리를 차지한 후 교육을 받지 못한 사람들은 학교에서 가르치고, 어느 정도 교육을 받은 사람들은 직

---

* 1861년.

접 발행하기 시작한 잡지를 통해 가르치기 시작했다. 교육 사업은 순조롭게 진행되는 듯했지만, 나 자신부터가 정신적으로 건강하지 못하므로 이 일도 오래할 수 없을 거라 생각하곤 했다. 나를 구원해줄 것 같았던 새로운 삶, 아직 겪어보지 못했던 새로운 삶이 없었더라면 쉰 살 때 겪게 될 무서운 절망감을 이미 그때 맛보았을지도 모른다. 새로운 삶이란 바로 가정생활이었다.

이런저런 일을 하는 일 년 동안 나는 분쟁조정으로 곤란한 입장에 처하고 교육 사업에서도 별다른 성과를 보지 못한데다가 무엇을 가르쳐야 하는지 모른다는 것을 숨기면서 사람들을 가르치려는 예의 그 영향력에 대한 욕망 때문에 시작한 잡지가 혐오스러워져 무척이나 고통스러웠다. 결국 나는 몸이 아니라 마음의 병이 들어 모든 것을 내려놓게 되었고, 신선한 공기와 마유주馬乳酒를 마시는 본능적인 생활을 하기 위해 바시키르족이 사는 스텝으로 떠났다.

얼마 후 나는 집으로 돌아와 결혼했다. 행복한 가정생활이 가져온 새로운 상황에 놓이자 나는 삶의 보편적 의미를 탐구하는 일을 금방 내려놓고 말았다. 내 생활은 전적으로 가족과 아내와 아이들에게, 생활의 수단인 부를 늘리는 일에 집중되었다. 한때 일반적 완성, 즉 진보에 대한 갈망으로 바뀌었던 나 자신의 완성에 대한 갈망은 이제 나와 가족을 최대한 행복하게 해주고 싶다는 갈망으로 바뀌어 있었다.

그렇게 십오 년이 흘렀다.

그 십오 년 동안, 나는 글을 쓰는 일을 하찮게 여기면서도 계속 썼다. 작가로서의 삶이 가진 유혹, 보잘것없는 내 작품에 대한 막대한 금전적 보수와 박수갈채라는 유혹에 사로잡혀 있었고, 글을 쓰는 일만이 경제적 상황을 개선하고 나와 모든 이의 삶의 의미에 대한 질문을 마음속에서 지우는 길이라 생각하며 매달렸다.

나에게 유일했던 진리, 즉 나와 가족이 최대한 행복한 생활을 해야 한다는 진리를 가르치면서 멈추지 않고 글을 썼다.

그렇게 살아가다가 오 년쯤 전부터 아주 이상한 일이 내 안에서 일어나기 시작했다. 어떻게 살아야 하는가, 무엇을 해야 하는가에 대한 막막한 의혹의 순간이, 삶이 멈춰버린 듯한 순간이 찾아왔고, 그럴 때면 당혹감을 느끼며 근심에 잠겼다. 그러나 그런 상태는 금세 지나갔고, 나는 종전과 같은 생활을 이어갔다. 그후 그런 의혹의 순간이 점점 더 자주 똑같은 형태로 되풀이되기 시작했다. 삶이 멈춰버린 듯한 상태에서는 언제나 똑같은 질문이 솟구쳤다. 무엇 때문에? 이제 앞으로는?

처음에는 무척 쓸데없고 당치 않은 질문들 같았다. 빤한 문제들이라고, 마음만 먹으면 언제라도 쉽게 해결할 수 있을 거라고, 지금은 그런 질문들에 매달릴 겨를이 없지만 잘 생각해보면 금세 답을 얻을 수 있을 거라고 생각했다. 그러나 그 질문들은 날이 갈수록 더 자주 되풀이되었고, 점점 더 끈질기게 답을 요구했으며, 답이 없는 그 질문들은 한자리에 계속 떨어지는 물방울처럼 내 안에서 뚝뚝 떨어지더니 시꺼먼 얼룩이 되어버렸다.

치명적인 속병에 걸린 사람에게 일어나는 일이 나에게도 일어난 것이다. 처음에는 대수롭지 않은 감기몸살쯤으로 알고 신경쓰지 않지만, 징후는 점점 더 자주 되풀이되다가 끊임없는 고통으로 이어진다. 고통이 점점 커지고, 병자는 그때까지 가벼운 병으로 여기던 것이 사실은 세상에서 가장 중대한 일, 즉 죽음이라는 것을 뒤늦게 깨닫는다.

나에게도 똑같은 일이 일어났다. 나는 그것이 일시적이고 가벼운 병이 아니라 아주 중한 병과도 같은 일이라는 것을, 계속 되풀이되는 질문에는 어찌됐든 답을 해야 한다는 것을 깨달았다. 그래서 그 질문에 답을 하려 했다. 너무 어리석고 단순하고 유치한 질문처럼 느껴졌다. 그러나 막상 질문을 마주하고 답을 하려 하자, 첫째로 그것은 유치하고 어리석은 질문이 아니라 삶에서 가장 중요하고 심오한 질문이라는 것, 둘째로 아무리 머리를 쥐어짜도 나로서는 답할 수 없는 문제라는 것을 곧바로 인정하게 되었다. 사마라 도道에 있는 영지의 관리와 아이들 교육, 그리고 새로운 책 집필에 착수하기 전에 내가 무엇 때문에 그 일들을 해야 하는지 알아야 했다. 그 답을 알기 전에는 아무것도 할 수 없을 것 같았다. 그 무렵 다른 어떤 일보다 열중했던 농사에 대해 생각하던 틈틈이 별안간 다음과 같은 질문이 떠올랐다. '좋다, 사마라에는 토지 6천 데샤티나*와 말 300마리가 있다, 그래서 그게 뭐 어떻다는 건가?……' 완전히 얼떨떨해져서 더이상 생각을 이어갈 수 없었다. 아이들 교육을 어떻게 할지 생각하다가 '무엇 때문에 해야 하는가?'라고 스스로 물은 적도 있다. 어떻게 하면 민중을 행복하게 할 수 있을까 고민할 때면 별안간 '그게 나와 무슨 상관이란 말인가?' 하고 혼잣말을 하기도 했다. 저술 활동으로 얻을 명성을 생각하다가 이렇게 중얼거린 적도 있다. '그래, 너는 고골이

---

* 1데샤티나는 약 1헥타르.

나 푸시킨, 셰익스피어, 몰리에르, 그 밖에 세계의 어느 작가보
다 더 큰 명성을 얻을지도 모른다. 그런데 그게 뭐 어떻다는 건
가?……'

나는 어떠한 질문에도 대답할 수 없었다.

4

　내 삶은 멈춰버렸다. 숨쉬고 먹고 마시고 잠자는 일은 의미가 없었지만 그렇다고 숨쉬지 않고 먹지 않고 자지 않을 수 없었다. 합리적으로 이룰 수 있다고 생각되는 희망이 없었기에 삶도 없었다. 뭔가 바라는 일이 있더라도, 그것을 이루든 못 이루든 결국 다 무의미하다는 것을 나는 알고 있었다.

　마법사가 찾아와 희망을 이루어주겠다고 했더라도 선뜻 대답하지 못했을 것이다. 술에 취하면 습관적으로 말해오던 것을 희망으로 여기다가도 술에서 깨면 다 기만이요, 아무것도 바랄 게 없다는 것을 알았다. 나는 진리가 무엇인지 이미 짐작하고 있었기 때문에, 감히 진리를 알고자 바라지도 못했다. 삶은 무의미하다, 이것이 진리였기 때문이다.

그저 하루하루 살고 걷고 또 걸어 심연에 도달했는데 내 앞에 파멸 외에 아무것도 없는 것을 똑똑히 본 듯했다. 그 자리에서 멈출 수도 없었고, 되돌아갈 수도 없었고, 내 앞에 삶과 행복이라는 기만, 진짜 고통과 진짜 죽음, 즉 완전한 절멸 외에 아무것도 없는 것을 보지 않겠다고 눈을 가릴 수도 없었다.

나는 사는 것이 싫어졌다. 어떤 불가항력적인 힘이 나를 휘어잡자 어떻게든 삶에서 벗어나고 싶어졌다. 곧바로 자살 생각이 들었던 것은 아니다. 나를 삶에서 떼어놓은 그 힘은 사적인 욕망보다 훨씬 억세고, 훨씬 충만하고, 훨씬 보편적인 것이었다. 정반대를 향한다는 것만 제외하면 그 힘은 지금까지 쏟아온 삶에 대한 집착과 비슷했다. 나는 온 힘을 다해 삶에서 벗어나려고 허우적거렸다. 이전에 더 선한 삶을 살아야겠다는 생각이 생겨났던 것처럼 스스로 목숨을 끊어야겠다는 생각도 자연스럽게 떠올랐다. 그 유혹이 너무나 강했기 때문에, 내가 너무 성급하게 그 생각을 실행에 옮기지 않도록 스스로 교활한 수단을 강구했다. 성급하게 목숨을 끊지 않으려 했던 것은 그전에 반드시 온 힘을 기울여 나의 사상적 혼란을 정리하고 싶었기 때문이다! 설령 정리하지 못하더라도, 그때 가서 자살해도 늦지 않으리라고 생각했다. 그래서 행복한 인간이었던 나는 장롱 횃대에 목을 매지 않기 위해, 잠자리에 들기 전 옷을 벗고 혼자 편히 지내던 방에서 줄이란 줄은 모두 치워버렸고, 손쉽게 목숨을 끊을 수 있는 방법에 유혹당하지 않기 위해 사냥도 다니지 않았다. 나는 내가 무엇을 바라는지 몰랐다. 삶이 두려웠고, 삶에서 달아나려고 안간힘을 쓰면서도 여전히 삶에 뭔가를 기대하고 있었다.

이 모든 일이 일어난 것은 어느 모로 보나 완전한 행복이라 생각되는 것들이 나에게 주어지던 때였으며, 아직 쉰 살이 되기 전이었다. 사랑하는 착한 아내와 귀여운 아이들, 애쓰지 않아도 저절로 수입이 늘어나는 거대한 영지가 있었다. 어느 때보다도 친구들과 지인들로부터 존경을 받았고, 모르는 사람들에게서도 찬사를 받았으며, 누가 보아도 명성을 누리고 있었다. 게다가 육체적으로나 정신적으로 아프지 않았을 뿐만 아니라 오히려 동년배들에게서는 좀처럼 볼 수 없는 정신적, 육체적 힘이 있었다. 농부들에게 조금도 지지 않고 풀베기를 할 수 있었고, 큰 스트레스를 받지 않고 여덟 시간에서 열 시간쯤 일에 몰두할 수 있었다. 그런데도 나는 더이상 살아갈 수 없다는 결론에 이르렀고, 그러면서도 죽음이 두려운 나머지 목숨을 끊지 않기 위해 교활한 자기기만의 수단까지 썼던 것이다.

마음속에 이런 생각이 생겨났다. 나의 삶은 누군가의 어리석고 잔인한 장난이다. 나를 창조했을 '누군가'의 존재를 인정하지 않으면서도 나는 그가 나를 세상에 만들어 내놓고는 어리석고 잔인하게 희롱하고 있다고 상상했는데, 이 상상이 무척 자연스러운 것으로 여겨졌다.

이것저것 배우고 정신적으로 육체적으로 성장하면서 삼사십 년을 살았고 삶의 전반을 간파하는 분별력도 갖춰 이른바 삶의 정점에 오른 나를, 그러나 결국 삶에는 아무것도 없고, 없었고, 없을 것이라는 사실을 또렷이 깨달은 채 그 정점에 바보 중의 바보처럼 서 있는 나를, 누군가 우스워하며 어디선가 지켜보고 있다는 상상을 떨칠 수 없었다. '얼마나 우스워 보일까……'

그러나 나를 비웃는 누군가가 존재하든 존재하지 않든 그것은 중요하지 않았고 마음은 편해지지 않았다. 생활이나 행위에 어떤 합리적인 의미도 부여할 수 없었다. 어떻게 이것을 처음부터 깨닫지 못했는지 놀라울 따름이었다. 이 모든 것은 아주 오래전부터 누구나 다 알던 사실이었다. 지금 당장, 아니 내일이라도 질병 혹은 죽음이 내가 사랑하는 사람들과 나를 덮칠 것이고(이미 몇 번이나 덮쳤다) 악취와 구더기 외에는 아무 것도 남지 않을 것이다. 내가 어떻게 살았든 머지않아 모두 나를 잊을 것이고 나라는 존재는 없을 것이다. 그런데 무엇 때문에 분주한 것일까? 어떻게 이 진리를 똑바로 바라보지 않고 살아갈 수 있을까, 참으로 놀라운 일이다! 삶에 취해 있는 동안에만 우리는 살 수 있다. 그러나 깨어나는 순간 모든 것이 기만임을, 그것도 아주 어리석은 기만일 뿐임을 보지 않을 수 없다! 그렇기에 삶에는 우스운 일도 없고, 재밌는 일도 없다. 잔인하고 어리석은 일만 있을 뿐이다.

동양의 옛 우화 중에 스텝에서 맹수와 마주친 나그네 이야기가 있다. 나그네는 맹수를 피하기 위해 오래전 말라버린 우물로 뛰어들었는데, 우물 바닥에는 그를 단숨에 집어삼키려는 듯 용이 아가리를 벌리고 있었다. 불행한 나그네는 밖으로 나가 맹수에게 목숨을 빼앗기고 싶지도 않고 우물 바닥으로 내려가 용에게 잡아먹히고 싶지도 않아서 하는 수 없이 우물 벽 틈에 난 덤불 잔가지에 매달려 버렸다. 차츰 손의 힘이 빠지자 그는 양쪽에서 자신을 기다리고 있는 죽음에 몸을 던질 수밖에 없으리라 느꼈다. 그래도 악착같이 매달려 있었는데, 어디선가 검은 쥐와 흰 쥐가 기어오더니 그가 매달린 덤불 가지를 갉아먹기 시작했다. 금방이라도 가지가 뚝 부러져 용의 아가리로 떨어질 것 같았다. 나그네는 죽음을 피하지 못하겠다고 체념했다. 그는 주위를 둘러보다 덤불의 잎에 꿀이 몇 방울 묻어 있는 것을 발견하고 혓바닥을 내밀어 핥았다. 이 나그네처럼 나도 나를 찢어발기려는 죽음이라는 용을 피할 수 없다는 것을 알면서도 생의 가느다란 나뭇가지를 꼭 쥔 채 왜 그런 고난에 빠졌는지 깨닫지 못하고 있다. 나는 여태껏 나를 위로해준 꿀을 핥으려 하지만 그 꿀은 더이상 나를 기쁘게 해주지 못하고, 흰 쥐와 검은 쥐, 즉 낮과 밤은 내가 매달려 있는 잔가지를 갉아먹고 있다. 내 앞의 용을 또렷이 보고 있기에 꿀도 이제 달지가 않다. 피할 수 없는 용과 쥐들이 또렷이 보이지만 눈을 돌릴 수도 없다. 이것은 우화가 아니라 누구나 아는 명료한 진실이다.

용에 대한 공포를 덜어주던 삶의 기쁨이라는 기만은 더이상 나를 속일 수 없다. 삶의 의미는 결코 깨달을 수 없을 테니 생각하지 말고 그저 살아가라고 아무리 나 자신을 타일러도 과거에 이미 오랫동안 그렇게 살려고 기를 썼기에 이제는 도저히 그럴 수가 없다. 지금의 나는 끊임없이 나를 죽음으로 끌고 달려가는 낮과 밤을 보지 않을 수 없다. 이것만이 유일한 진리이기에 이것만을 지켜본다. 그 밖의 것은 모두 거짓이다.

잔인한 진리로부터 무엇보다도 오랫동안 내 시선을 돌려놓 았던 두 방울의 꿀, 즉 가족에 대한 사랑과 내가 예술이라고 부 르던 글쓰기에 대한 사랑도 이제는 달지 않다.

'가족은……' 나는 스스로에게 말했다. 나의 가족은 아내와 아이들이다. 그들 역시 인간이다. 그들도 나와 같은 조건에 놓 여 있다. 그들도 거짓 속에서 그저 살아가거나, 아니면 무서운 진리를 보지 않을 수 없다. 그들은 대체 무엇 때문에 사는 걸 까? 나는 무엇 때문에 그들을 사랑하고, 아끼고, 키우고, 지키 는 걸까? 내 안에 있는 그 절망감, 아니면 우매함으로 이끌려 고? 나는 그들을 사랑하므로 그들에게 진리를 숨겨서는 안 된 다. 인식의 노정을 따르는 한 걸음 한 걸음이 진리로 이끌 것이 다. 그 진리는 죽음이다.

'예술은, 시는 어떤가?……' 언젠가 죽음이 찾아와 나라는 존재도, 나의 일도, 그것에 대한 기억도 깡그리 없애버릴 것을 알면서도, 나는 오랫동안 성공을 거두고 세간의 찬사를 받았 기에 예술이란 할 만한 가치가 있는 일이라고 스스로를 설득 해왔다. 그러나 이것도 기만임을 곧 깨달았다. 예술은 삶의 장 식, 삶의 미끼에 지나지 않았다. 내가 삶에서 더이상 매력을 느끼지 못하는데 어떻게 다른 사람을 매료시킬 수 있겠는가? 내가 나의 삶을 살지 않고 남의 삶이라는 파도에 휩쓸리던 동안, 딱히 표현할 길은 없지만 아무튼 삶이 의미 있다고 믿던 동안 시나 예술에 비친 삶의 모든 것은 기쁨을 주었고, 예술이라는 거울에 비친 삶을 바라보는 일은 유쾌했다. 그러나 삶의 의미를 찾아 헤매고, 나의 삶을 살아야겠다고 생각하자마자 이 거울은 나에게 없어도 아무렇지 않을 우스꽝스러운 것, 심지어 고통스러운 것이 되어버렸다. 이제 거울 속에 보이는 것은 위안이 되지 않았고 나의 처지는 어이없고 절망적이었다. 삶이 의미 있다고 마음속 깊이 믿던 때에는 이 거울을 들여다보고 즐기는 것이 참으로 좋았다. 거울에 비치는 여러 가지 빛과 그림자의 장난, 즉 삶의 희극과 비극, 감동, 아름다움, 공포 같은 것이 나에게 즐거움을 주었다. 그러나 삶이 무의미하고 끔찍한 것이란 사실을 깨닫자 거울에 비치는 빛들의 희롱은 더이상 나를 즐겁게 하지 못했다. 죽음의 용과 내 생명의 잔가지를 갉아먹는 쥐들을 보고 난 뒤로는 어떤 꿀도 감미롭지 않았다.

그뿐만이 아니다. 만일 내가 삶이 무의미하다는 것을 단순하게 깨달았다면 그것을 운명으로 받아들였을지도 모른다. 그러나 마음을 놓을 수 없었다. 만일 내가 출구가 없다는 사실을 아는 상태로 숲에서 계속 살아야 하는 사람이라면 어떻게든 살아갔을지도 모른다. 그러나 나는 숲에서 길을 잃고 공포에 사로잡혀 길을 찾아 헤매는 사람, 한 걸음 내디딜 때마다 더 깊숙한 데로 빠져들 뿐임을 알면서도 미친듯이 돌아다닐 수밖에 없는 사람 같았다.

그것이 무서웠다. 공포에서 벗어나기 위해 스스로 목숨을 끊고 싶었다. 나를 기다리고 있는 것이 두려웠고, 나의 처지보다 그 공포가 더 무섭다는 것을 알면서도 공포를 떨쳐버릴 수 없었고, 참을성 있게 삶의 끝을 기다릴 수도 없었다. 언젠가 심장의 혈관이나 장기가 파열되어 모든 것이 끝난다는 생각이 아무리 그럴듯해도 참을성 있게 끝을 기다릴 수 없었다. 암흑의 공포가 너무도 커서 밧줄이나 권총으로 단숨에 그 공포를 끝내버리고 싶었다. 이런 기분이 무엇보다 강하게 자살로 나를 이끌었다.

5

'혹시 내가 뭔가를 보지 못한 건 아닐까, 뭔가를 깨닫지 못한 건 아닐까?' 몇 번이나 스스로에게 물었다. '이런 절망 상태가 모든 사람에게 당연한 것일 리 없다.' 나는 답을 찾기 위해 세상 사람들이 발견한 온갖 지식을 뒤졌다. 오랫동안 고통 속에서 답을 찾아 헤맸다. 그것도 한가한 호기심에 건성으로가 아니라 아주 열심히, 임종을 앞둔 사람이 구원을 바라듯 밤낮 가리지 않고 고통을 견디며 집요하게 찾았다. 그러나 아무것도 발견하지 못했다.

온갖 지식을 뒤졌지만 답을 발견하지 못했을 뿐만 아니라, 나처럼 답을 구한 모든 사람 역시 아무것도 발견하지 못했을 거라 확신했다. 분명 그들 또한 아무것도 발견하지 못했으며 나를 절망으로 이끈 그것, 즉 삶은 무의미하다는 사실만이 확실하고 유일한 지식이라는 것을 받아들였다.

나는 모든 곳에서 답을 구했다. 평소 배움을 즐기고 학자들과 교류해온 덕분에 여러 분야 학자들에게서 도움을 받을 수 있었는데, 그들은 저서뿐만 아니라 대화를 통해서도 자신의 지식을 아낌없이 나누어주었다. 그렇게 삶의 질문에 대해 지식이 내놓을 수 있는 모든 답을 듣게 되었다.

나는 지식이 지금까지 삶의 질문들에 대해 답한 것 말고는 어떤 변변한 답도 갖고 있지 못하다는 사실을 오랫동안 믿을 수 없었다. 삶의 질문들과 아무 상관 없는 학설만 내세우는 학문의 엄숙하고 진지한 논조에 얽매인 나머지 나의 이해력이 모자라는 줄로만 알았다. 긴 세월 동안 나는 지식 앞에서 기가 죽었고, 학문이 나의 질문에 답하지 못하는 것은 학문의 잘못이 아니라 나의 무지 때문이라고 생각했다. 그러나 이 일은 나에게 장난이나 심심풀이가 아니라 일생의 과업이었다. 나는 마침내 나의 질문은 모든 지식의 기초로서 극히 정당하며, 잘못은 이런 질문을 품은 내가 아니라 이런 질문에 답할 권리가 있다고 스스로 주장하는 학문에 있다는 확신에 도달했다.

쉰 살 때 나를 자살로 이끌던 질문은 철없는 어린아이부터 지혜로운 노인까지 모두의 마음속에 도사린 아주 단순한 것이었다. 나도 직접 겪었듯 이 질문 없이 삶이란 불가능했다. 그 질문은 이런 것이다. '내가 지금 하는 일은, 그리고 앞으로 하게 될 일은 어떤 결과를 가져올까? 내 삶은 어떤 결과를 가져올까?'

질문을 다르게 표현하면 이렇다. '나는 왜 살고, 왜 뭔가를 원하고, 왜 뭔가를 하는가?' 또 다르게 표현하면 이렇다. '과연 나의 삶은 내 앞에 기다리고 있는 죽음, 결코 피할 수 없는 죽음도 파괴하지 못하는 영원한 의미를 지니는가?'

다양하게 표현되어도 결국은 하나인 이 질문에 대한 답을 나는 인간의 지식에서 찾았던 것이다. 이 질문에 관한 모든 지식은 마치 정반대 극을 가진 두 개의 반구처럼 나뉘어 있다는 것을 발견했다. 한편은 부정적이고, 다른 한편은 긍정적인데 어느 극에도 삶의 의미를 묻는 질문에 대한 답은 없었다.

어떤 계통의 지식은 이런 질문의 존재를 인정하지 않는 것처럼 보인다. 그러나 스스로 제기한 문제에 대해서는 명쾌하고 정확한 해답을 내놓는다. 경험적 지식이 그러하고 그 극점에 수학이 있다. 또 어떤 계통의 지식은 이런 질문의 존재는 인정하지만 답을 내놓지는 않는다. 사변적 지식이 그러하고 그 극점에 형이상학이 있다.

나는 아주 젊어서는 사변적 지식에 마음이 끌렸고 나중에는 수학과 자연과학에 더 큰 흥미를 느꼈다. 이 질문이 내 안에서 분명해지기 전까지는, 이 질문이 스스로 자라서 집요하게 답을 요구하기 전까지는 지식이 내놓는 엉터리 해답에서 만족을 느꼈다.

경험적 지식의 측면에서 스스로에게 이렇게 말했다. '만물은 발달하고 분화하고, 복잡화와 완성을 향해 나아가는데 이 운행을 다스리는 법칙이 존재한다. 너는 전체의 일부다. 따라서 전체의 존재를 되도록 깊고 넓게 배우고 아울러 그 발전의 법칙을 배운다면, 전체 속에서 너의 위치를 알고 너 자신에 대해서도 알게 될 것이다.' 고백하기가 참으로 부끄럽지만, 이런 생각에 만족하던 시절이 있었다. 나 자신이 복잡해지고 발달하던 때였다. 근육이 자라 단단해지고 기억이 풍부해지고 사고력과 이해력도 높아졌다. 이러한 성장 과정을 직접 느끼면서 자라던 당시의 내가 이 법칙이야말로 세계 전체의 법칙이며 그 속에서 삶의 질문들에 대한 답도 발견할 수 있다고 생각한 것은 당연했다. 그러나 이윽고 성장이 멈추는 때가 오자 나는 더이상 성장하지 않고 위축되어가는 것을, 치아가 빠지고 근육이 약해지는 것을 느꼈다. 비로소 그 성장의 법칙이 나에게 아무것도 설명해주지 못할 뿐만 아니라 그런 법칙이란 사실상 존재하지도 않고 존재할 수도 없다는 것을, 그리고 생애의 일정 시기에 발견할 수 있는 현상에 불과한 것을 법칙으로 받아들였다는 것을 깨달았다. 내가 정의했던 법칙을 더욱 엄격하게 살펴보자 만물은 끝없이 발달한다는 법칙이란 존재할 수 없다는 것이 명백해졌다. 무한한 시간과 공간 속에서 만물이 발달하고 완성에 이르며 복잡해지고 분화한다는 주장은 무의미한 넋두리에 지나지 않았다. 모두 무의미하고 공허한 말이었는데, 무한의 경지에서는 복잡함도 단순함도, 앞도 뒤도, 선도 악도 없기 때문이다.

무엇보다도 나 개인에 대한 질문, 즉 온갖 욕망을 지닌 나는 대체 무엇인가라는 질문이 해결되지 못한 채 남아 있었다. 온갖 지식이 아주 흥미롭고 매혹적이긴 하지만 그 정확성과 명백함은 삶의 질문들에 적용되는 정도에 반비례한다는 것을 깨달았다. 지식은 삶의 질문에 적용되지 않을 때에만 명백하고 정확해졌다. 반면, 삶의 질문을 해결하려 하면 지식은 흐릿해지고 매력을 잃었다. 삶의 질문에 대한 답을 구하기 위해 생리

학, 심리학, 생물학, 사회학에 눈을 돌려본다면 그 사상의 빈곤함과 극도의 애매함, 자기 소관도 아닌 문제를 해결하려는 근거 없는 자만심, 그리고 학자들의 서로 다른 의견 사이에서, 심지어 학자 한 사람의 내부에서 발견되는 끊임없는 모순과 맞닥뜨리게 될 것이다. 그러나 삶의 질문은 신경쓰지 않고 특수한 학술적 문제만 해결하려는 분야에 눈을 돌려본다면 인간의 지적 능력에 감탄하는 한편, 삶의 질문에 대한 답은 존재하지 않는다는 것을 먼저 알게 된다. 그러한 지식은 삶의 질문을 처음부터 무시하고 있다. 학자들은 이렇게 말한다. "당신이 무엇이고, 당신이 왜 사는지에 대한 답은 우리에게 없고, 우리는 그런 것을 연구하지도 않는다. 빛의 법칙이나 화학적 합성의 법칙, 유기체 발달의 법칙, 육체와 그 형태의 법칙이나 수와 양의 관계, 지능의 법칙 등에 대해서라면, 우리는 명쾌하고 정확하고 의심의 여지 없는 답을 줄 수 있다."

요컨대 삶의 질문에 대한 경험과학의 답은 다음과 같다. 질문: '나는 왜 사는가?' 대답: '무한소의 미립자가 무한대의 공간과 무한히 지속되는 시간 속에서 무한히 결합하며 끊임없이 변화하고 있고, 이 변화의 법칙을 이해한다면 당신이 왜 살고 있는지 이해할 수 있다.'

한편, 사변적 지식 분야를 탐구하면서 나는 스스로에게 이렇게 말했다. '인류는 정신적 근원, 즉 자신을 인도하는 이상의 바탕 위에 살면서 발전한다. 우리의 이상은 종교, 과학, 예술 혹은 정치 등의 형태로 나타난다. 이상이 점점 더 높아지면서 인간은 최고선을 향해 나아간다. 나는 인류의 일원이므로, 나의 소명은 인류의 이상을 인식하고 실현하는 데 협조하는 것이다.' 사고력이 빈약했을 때는 이러한 이론에 만족했다. 그러나 삶의 질문이 내 안에서 고개를 들자마자 이 이론은 순식간에 부서져버렸다. 인류의 아주 작은 부분을 연구해서 얻은 결론을 일반적인 결론인 양 내세우는 이러한 지식들이 얼마나 불성실하고 부정확한지는 제쳐두자. 또 이러한 견해를 지지하는 사람들이 인류의 이상은 무엇인가 하는 문제에 대해서는 서로 얼마나 반목하는지도 제쳐두자. 이러한 견해의 괴이함은 (어리석음이라고까지 말하지는 않겠다) 바로 다음에 있다. 우리 각자의 가슴속에 피어오르는 질문들, 즉 '나는 무엇인가?' '나는 왜 사는가?' '나는 무엇을 해야 하는가?'에 대답하기 위해서는 우선 다른 질문, 즉 '지극히 짧은 기간 동안 존재한 지극히 작은 부분만 알려진 인류의 삶, 즉 나머지는 전혀 알려져 있지 않은 인류 전체의 삶이란 대체 무엇인가?'라는 질문부터 해결해야 한다. 다시 말해, '나는 무엇인가'라는 질문에 답하려면, 그에 앞서 자기가 무엇인지 깨닫지 못하는, 우리와 동일한 사람들로 구성된 신비한 인류라는 것이 대체 무엇인지 깨달아야 한다.

나도 이런 것을 믿었던 시절이 있었음을 고백해야겠다. 그때의 나는 나의 변덕을 정당화할 이상을 품은 채 나의 변덕을 인류의 법칙으로 보게 해줄 이론을 고안해내려 애썼다. 그러나 삶의 질문이 내 안에서 또렷한 모습으로 솟아오르자 그 답은 순식간에 먼지처럼 흩어져버리고 말았다. 그리하여 경험과학 중에 참된 학문도 있고, 자기 소관이 아닌 문제에 해답을 주는 반쪽짜리 학문도 있듯이, 사변적 학문에도 자기 소관이 아닌 문제에 해답을 내놓으려고 애쓰는 일련의 지식들이 널리 퍼져 있다는 것을 알게 되었다. 이 분야의 반쪽짜리 학문, 즉 법학, 사회학, 역사학 등은 나름의 방식으로 인류의 문제를 해결하고 나아가 인간 개개인의 문제까지 해결하려 한다.

그러나 나는 어떻게 살아야 하는가라고 진실하게 묻는 사람은 경험적 지식의 해답, 즉 무한한 공간에서 무한히 지속되는 시간과 복잡성 속에서 발생하는 무한한 미립자의 무궁무진한 변화를 연구하면 네 삶의 의미를 깨달을 수 있다는 해답에 만족할 수 없듯, 시작도 끝도 알 수 없고 그 작은 부분도 알 수 없는 인류 전체의 삶을 연구하면 네 삶의 의미를 깨달을 수 있다는 해답에도 만족하지 못한다. 그리고 반쪽짜리 경험적 학문과 마찬가지로 반쪽짜리 사변적 학문도 본래의 임무에서 멀어질수록 더욱 모호하고, 불확실하고, 어리석고 모순적이게 된다. 경험적 학문의 임무는 물질 현상들의 인과적 일관성을 밝히는 것이다. 궁극의 원인에 대한 문제를 다루는 순간 경험적 학문은 헛소리가 되고 만다. 사변적 학문의 임무는 원인 없는 생의 본질을 인식하는 것이다. 사회적 현상이나 역사적 현상과 같이 원인이 있는 현상들을 다룬다면, 이 학문의 해답 또한 헛소리가 되고 만다.

경험적 학문은 궁극의 원인을 연구하지 않을 때에만 확실한 지식을 주고 인간 지성의 위대함을 보여준다. 반대로 사변적 학문은 인과적 현상들의 일관성에 관한 문제는 완전히 버리고 궁극의 원인과 관련하여 인간을 바라볼 때 비로소 인간 지성의 위대함을 보여준다. 이 반구半球의 극을 이루는 학문은 형이상학 또는 사변철학이다. 이 학문은 명확하게 다음과 같은 문제를 제기한다. 나는 무엇이며 세계는 무엇인가? 나는 왜 존재하며 세계는 왜 존재하는가? 그리고 이 학문이 탄생한 때부터 답은 언제나 하나였다. 철학자들은 나와 존재하는 모든 것 안에 있는 삶의 본질을 관념 혹은 실체 혹은 정신 혹은 의지라 부르고, 이 본질은 존재하며 나가 곧 그 본질이라고 말한다. 그러나 그들은 어째서 본질이 존재하는지 모르고, 엄밀한 사상가들도 대답을 내놓지 못한다. 나는 묻는다. 왜 그런 본질이 존재하는가? 본질이 존재한다는 사실에서, 존재할 거라는 사실에서 대체 무엇이 생기는가?…… 그러면 철학은 이에 대답하지 않고 같은 질문만 반복한다. 따라서 참된 철학이 할 수 있는 일은 이 질문을 명백히 제기하는 것뿐이다. 그리고 철학이 자신의 임무를 성실히 수행한다면 '나는 무엇이며 세계는 무엇인가?'라는 질문에 '모든 것이자 아무것도 아니다'라고 대답할 수 있을 뿐이다. '나는 왜 존재하며 세계는 왜 존재하는가?'라는 질문에는 '모른다'고 대답할 수 있을 뿐이다.

따라서 철학의 사변적 해답을 아무리 살펴보아도 답다운 답을 찾을 수가 없는데, 명료한 경험적 학문에서처럼 그 해답이 나의 질문에 부합하지 않기 때문이 아니다. 철학에서는 모든 지적 활동이 나의 질문에 집중되어 있는데도 답은 내놓지 못하고 그 대신 동일한 질문, 그것도 형태가 더 복잡해졌을 뿐인 동일한 질문을 제시하기 때문이다.

6

　삶의 질문에 대한 답을 찾을 때면 나는 숲에서 길을 잃은 사람의 심정이 되었다.

　마침내 밝은 초원으로 나온 나그네가 나무 위에 올라가 아득히 펼쳐진 공간을 바라본다. 하지만 거기에는 사람 사는 집이 없고 있을 리도 없다. 다시 울창한 숲으로, 암흑 속으로 들어가보아도 역시 사람 사는 집은 없다.

　나는 또다시 인간 지식의 숲에서 방황했다. 한쪽에는 선명한 지평선을 열어준 수학적, 경험적 지식이라는 빛줄기가 있었지만 그 방향을 따라가보아도 사람 사는 집이 있을 리 만무했고, 다른 한쪽에는 파고들수록 더욱 어두워지는 사변적 지식이라는 암흑이 있어서 출구는 어디에도 없고 있을 수도 없었다.

지식의 밝은 쪽에 의탁하면서도 정작 긴요한 문제에서는 눈을 돌리고 있었다. 내 앞에 펼쳐진 지평선은 참으로 선명하고 매혹적이었지만, 무한한 지식의 세계에 뛰어드는 일은 참으로 매혹적이었지만, 지식은 덜 필요한 것일수록, 다시 말해 삶의 질문에 답하는 것이 적을수록 명료했다.

나는 스스로에게 말했다. 그래, 이제야 학문이 끈질기게 알고자 했던 것을 모두 알게 되었지만, 내 삶의 의미에 대한 답은 이 길에 없구나. 사변적 학문의 경우, 학문의 목적이 곧 나의 질문에 대한 답을 주는 것인데도 불구하고, 아니 바로 그렇기에 내가 스스로 찾은 답 이외의 해답을 주지 못하는구나. '내 삶의 의미는 무엇인가?' '그런 의미 따위 없다.' '내 삶의 결과는 무엇인가?' '아무것도 없다.' '존재하는 모든 것은 왜 존재하고, 나는 왜 존재하는가?' '존재하니까 존재하는 것이다.'

인간 지식의 한쪽 측면에서 답을 구할 때, 나는 내가 묻지 않은 것에 대한 정확한 해답을 수없이 얻었다. 이를테면 별의 화학적 성분이나 헤라클레스자리를 향한 태양의 운행, 種과 인간의 기원, 무한소 원자의 형태, 무한히 작아서 무게를 지니지 않는 에테르 입자의 진동 등등. 그러나 내 삶의 의미는 무엇인가라는 질문에 대해서 얻은 대답은 단 하나였다. 너는 네가 생명이라고 부르는 그것이고, 분자들이 일시적으로 우연하게 결합한 결과다. 그 분자들의 상호작용으로 인한 변화가 너의 내부에 네가 생명이라고 부르는 것을 만든다. 이러한 결합은 잠시 지속될 뿐, 곧 상호작용이 정지하면 네가 생명이라고 부르는 것도 정지하고, 네가 했던 모든 질문도 사라진다. 너는 우연하게 뭉쳐진 뭔가의 덩어리다. 그 덩어리는 부패한다. 덩어리는 그 부패의 과정을 생명이라 부른다. 덩어리의 분해가 끝나면 부패의 과정도, 모든 질문도 끝난다. 이 분야의 학문이 자신의 원칙을 따르는 한 이렇게밖에는 대답하지 못한다.

그런 해답은 나의 질문에 전혀 답이 되지 못했다. 삶의 의미를 알고 싶었던 나에게 삶이 무한한 것의 분자라는 대답은 삶에 의미를 주지 않을 뿐만 아니라 다른 가능한 의미마저 모두 파괴했다.

경험적이고 정밀한 지식이 적당히 얼버무린 타협, 삶의 의미란 만물의 발전과 이를 돕는 작용에 있다고 하는 대답은 정확하지도 않고 명료하지도 않아서 도저히 해답이라 할 수 없다.

사변적 지식이 자신의 원칙을 지키며 이 질문에 단적으로 대답할 때면 시대와 장소를 막론하고 언제나 대답이 똑같다. 즉 세계는 무한하고 불가해한 뭔가라는 것. 그리고 삶은 이 불가해한 '전체'의 역시 불가해한 일부라는 것. 다시 말하지만 나는 이른바 법학이니 정치학이니 역사학이니 하는 반쪽짜리 학문의 쓸데없는 짐을 애써 쌓아올리는, 사변적 지식과 경험적 지식 사이의 모든 타협을 배척하지 않을 수 없다. 두 학문 모두 발전과 완성이라는 관념을 잘못 도입했는데, 한쪽은 모든 것의 발전을, 다른 쪽은 인간 삶의 발전을 이야기한다는 점에서만 다를 뿐이다. 두 학문의 공통된 오류는 바로 무한한 발전과 완성에는 방향과 목적이 있을 수 없다고 말하는 것, 따라서 나의 질문에 아무런 해답을 줄 수 없다는 것이다.

사변적 지식이 정확하고 진정한 철학이라면, 쇼펜하우어가 '교수들의 철학'이라 불렀던 철학, 즉 존재하는 모든 현상을 새로운 철학적 표에 따라 분류하고 새로운 명칭을 붙이는 데 혈안이 된 철학이 아니라 본질적인 문제를 간과하지 않는 철학이라면, 대답은 언제나 하나일 뿐이어서 소크라테스와 쇼펜하우어, 솔로몬, 붓다 모두 같은 대답을 내놓았다.

"우리는 삶에서 멀어질수록 진리에 가까워진다." 죽음을 맞이하며 소크라테스가 말한다. "진리를 사랑하는 우리는 삶에서 무엇을 추구하는가? 그 목표는 육체로부터, 육체적 삶이 빚어내는 모든 악으로부터 벗어나는 것이다. 그러니 죽음이 다가오는 것이 어찌 기쁘지 않겠는가?"

"지혜로운 자는 한평생 죽음을 구하기에 죽음을 두려워하지 않는다."

쇼펜하우어는 말한다. "세계의 내적 본질을 의지라고 인식하고, 불가해한 자연의 힘이 지닌 무의식적 욕구에서부터 충분한 의식이 수반되는 인간 활동에 이르기까지 모든 현상에서 의지의 대상성만을 인식한다면, 의지의 자유로운 부정, 자기 파괴와 더불어 모든 현상도 소멸한다는 결론을 피할 수 없다. 그렇다면 이 세계의 바탕이 되고 대상성의 모든 단계에서 목적도 쉼도 없이 행해지는 끊임없는 약진과 충동도 소멸하고, 연속적 형식의 다양한 양태도 소멸하고, 시간과 공간이라는 공통의 형식을 지닌 모든 현상은 그 본래의 형식과 더불어 소멸할 것이며, 마침내 최후의 근본 형식인 주체와 객체까지도 소멸한다는 결론을 피할 수 없다. 의지가 없으면, 표상도 없고 세계도 없다. 결국 우리 앞에 남는 것은 무無뿐이다. 그러나 절멸로의 이행에 저항하는, 우리 자신과 우리의 세계를 구성하는 생명에의 의지(Wille zum Leben)야말로 우리의 본성이다.

즉 우리가 이토록 절멸을 두려워한다는 사실은, 우리가 이토록 살길 원한다는 사실은 우리가 생의 욕망 외에 그 무엇도 아니라는 것, 그 외에 아무것도 모르는 존재라는 것을 의미할 뿐이다. 그러므로 의지가 완전히 절멸한 뒤에 우리 앞에 남는 것, 아직도 갖가지 의지로 가득찬 우리 앞에 남는 것은 두말할 것도 없이 무無다. 반대로, 의지를 스스로 거부하는 사람들에게도 우리의 이토록 실제적인 세계, 태양과 은하를 지닌 세계는 무다."

솔로몬은 말한다. "헛되고 헛되다, 헛되고 헛되다, 세상만사 헛되다! 사람이 하늘 아래서 아무리 수고한들 무슨 보람이 있으랴! 한 세대가 가고 또 한 세대가 오지만 이 땅은 그대로이다. 지금 있는 것은 언젠가 있었던 것이요, 지금 생긴 일은 언젠가 있었던 일이라. 하늘 아래 새것이 있을 리 없다. '보아라, 여기 새로운 것이 있구나!' 하더라도 믿지 마라. 그런 일은 우리가 나기 오래전에 이미 있었던 일이다. 지나간 나날이 기억에서 사라지듯 오는 세월도 기억에서 사라지고 말 것을. 나 설교자는 예루살렘에서 이스라엘의 왕으로 있으며 하늘 아래 벌어지는 모든 일을 알아보아 지혜를 깨치려고 무척 애를 써보았지만, 하느님께서는 사람에게 괴로운 일을 주시어 고생이나 시키신다는 것을 알기에 이르렀다. 하늘 아래 벌어지는 일을 살펴보니 모든 일은 바람을 잡듯 헛된 일이었다. '나보다 먼저 예루살렘에서 왕 노릇 한 어른치고 나만큼 지혜를 깊이 깨친 사람이 없다.' 나는 이렇게 자신을 가지고 어떻게 사는 것이 지혜로운 일인지, 어떻게 사는 것이 어리석고 얼빠진 일인지 알아보려고 무척 애를 써보았지만, 그것 또한 바람을 잡는 것 같은 일이었다. 어차피 지혜가 많으면 괴로운 일도 많고 아는 것이 많으면 걱정도 많아지는 법이다.[*]

그래서 향락에 몸을 담가 행복이 무엇인지 알아보았더니 그것 또한 헛된 일이었다. 웃음이란 얼빠진 짓이라, 향락에 빠져보아도 별수가 없었다. 지혜를 깨치려는 생각으로 나는 술에 빠져보기도 했다. 이런 어리석은 일들을 붙잡고 늘어져보았다. 하늘 아래 이 덧없는 삶을 무엇을 하며 지내는 것이 좋을까 알아내려고 했다. 나는 큰 사업도 해보았다. 대궐을 짓고 포도원을 마련했으며 동산과 정원을 마련하고 갖가지 과일나무를 심었고 늪을 파서 그 나무들이 우거지게 물을 대었다. 사들인 남종 여종이 있었고 집에서 난 씨종도 있었고 소떼 양떼도

---

[*] 「전도서」1:1~4, 1:9~14, 1:16~18.

많아서 나만한 부자가 일찍이 예루살렘에 없었다. 나는 내 통치 아래 있는 모든 속국 왕실 창고들에서 금과 은을 거두어들였다. 노래를 불러주는 남녀 가수들과 수청들 여자도 얼마든지 있었다. 나는 나 이전에 예루살렘에서 왕 노릇 한 어떤 어른보다도 세력이 컸다. 나는 늘 지혜의 덕을 보았다. 보고 싶은 것을 다 보았고 누리고 싶은 즐거움을 다 누렸다. 내가 이 손으로 한 모든 일을 돌이켜보니, 모든 것은 결국 바람을 잡듯 헛된 일이었다. 하늘 아래서 하는 일로 쓸 만한 것은 하나도 없었다. 그래서 나는 지혜롭게 사는 것이 어떤 것이며 어리석게 사는 것이 어떤 것인지 알려고 했다. 지혜로우면 제 앞이 보이고 어리석으면 어둠 속을 헤맨다고 했지만, 그래 봐야 둘 다 같은 운명에 빠진다는 것을 나는 안다. '어리석은 사람과 같은 운명에 빠진다면 무엇을 바라고 지혜를 얻으려고 했던가?' 이런저런 생각 끝에 이것도 또한 헛된 일임을 깨달았다. 지혜로운 사람도 어리석은 사람과 함께 사람들의 기억에서 영원히 사라져버린다. 전에도 그랬지만 앞으로도 모든 일은 잊히고 말리라. 지혜로운 사람도 어리석은 사람과 함께 죽지 않는가! 그래서 나는 산다는 일이 싫어졌다. 모든 것은 바람을 잡듯 헛된 일이라, 하늘 아래서 벌어지는 모든 일이 나에게는 괴로움일 뿐이다.

나는 하늘 아래서 애쓰며 수고하는 일이 모두 싫어졌다. 힘껏 애써 얻어보아야 결국 다음 세대에 물려주어야 하는 것, 사람이 하늘 아래서 제아무리 애쓰며 수고해본들 돌아올 것이 무엇이겠는가? 날마다 낮에는 뼈아프게 일하고 밤에는 마음을 죄어 걱정해보지만 이 또한 헛된 일이다. 수고한 보람으로 먹고 마시며 즐기는 일만큼 사람에게 좋은 일은 없다. 내가 보기에 물론 이것은 하느님께서 손수 내리시는 것이다.*

너 나 할 것 없이 꼭 같은 운명이 기다리고 있다. 죄 없는 사람이나 죄 있는 사람이나, 선한 사람이나 악한 사람이나, 깨끗한 사람이나 더러운 사람이나, 제사를 드리는 사람이나 제사를 드리지 않는 사람이나 마찬가지다. 선한 사람이라고 해서 죄인과 다를 바 없고 하느님 앞에서 맹세를 하는 사람이라고 해서 맹세를 꺼리는 사람과 다를 바 없다. 모든 사람이 같은 운명을 당하는데 하늘 아래서 벌어지는 일 중에서 잘못되지 않은 것이 무엇이 있겠는가? 그러므로 사람들의 마음은 악으로 차고 넘쳐 얼빠진 생각을 하며 살다가 죽을 수밖에 없다. 그렇다, 사람이란 산 자들과 어울려 지내는 동안 희망이 있다. 그래

---

* 「전도서」 2:1~12, 2:14~18, 2:22~24.

서 죽은 사자보다 살아 있는 강아지가 낫다고 하는 것이다. 산 사람은 제가 죽는다는 것이라도 알지만 죽고 나면 아무것도 모른다. 다 잊힌 사람에게 무슨 좋은 것이 돌아오겠는가? 사랑도 미움도 경쟁심도 이미 사라져버려 하늘 아래서 벌어지는 어떤 일에도 간섭할 길은 영원히 없어진 것이다.*"

솔로몬, 혹은 이 글을 쓴 사람은 이렇게 말한다.

인도의 현인은 이렇게 말한다.

"질병과 노쇠와 죽음을 한 번도 본 적 없었던 젊고 행복한 왕자 싯다르타는 어느 날 마차를 타고 궁전 밖을 산책하다가 이가 빠진 입에서 연신 침을 흘리는 초라한 늙은이를 보았다. 여태껏 한 번도 늙음을 본 적 없던 왕자는 깜짝 놀라, 저자는 대체 왜 저러는 것이냐, 왜 저렇게 가엾고 흉한 모습이 되었느냐? 하고 마부에게 물었다. 사람은 누구나 죽음을 피할 수 없으며 젊은 왕자인 자신도 그 운명을 피할 수 없다는 것을 알게 되자 그는 산책을 계속하지 못하고 말을 돌려 궁전으로 돌아와 골똘히 생각에 잠겼다. 그는 방에 틀어박혀 깊이 생각했다. 그리고 뭔가 다분히 위안이 되는 것을 발견한 듯 본디의 밝

---

* 「전도서」 9:2~6.

고 행복한 모습으로 돌아와 다시 마차를 타고 산책에 나섰다. 그런데 이번에는 병자와 마주쳤다. 그는 흐리멍덩한 눈에 푸르스름한 얼굴, 비쩍 마른 몸을 덜덜 떨고 있는 병자를 보았다. 그때까지 병에 걸린 사람을 본 적 없던 왕자는 마차를 세우라 하고는, 저자는 대체 왜 저러는 것이냐? 하고 물었다. 사람은 누구나 다 병에 걸리며, 건강하고 행복한 자신도 내일 당장 병에 걸릴 수 있다는 것을 알게 되자, 또다시 즐길 기분을 잃어버리고는 마부에게 명령해 궁전으로 돌아와 평정을 구했고, 마침내 평정을 되찾은 듯 세번째로 산책을 나갔다. 그런데 이번에도 그는 새로운 광경을 목격했다. 사람들이 뭔가를 들것으로 나르고 있었다. '저건 무엇이냐?' '송장입니다.' '송장이 무엇이냐?' 왕자는 거듭 물었다. 마부는 송장이 된다는 것은 방금 본 그 모습처럼 되는 거라고 답했다. 왕자는 마차에서 내려 주검에 다가가 덮개를 걷어 보았다. '저자는 이제 어떻게 되느냐?' 왕자가 물었다. 마부는 이제 송장을 흙속에 묻는다고 답했다. '왜 그렇게 하느냐?' '저 사람은 이제 영원히 살아날 수 없고, 그저 악취와 구더기만 생기기 때문입니다.' '그게 모든 사람의 운명이란 말이냐? 나에게도 일어나느냐? 나도 흙속에 묻혀 악취가 나고 구더기의 밥이 되는 것이냐?' '그렇습니다.'

'돌아가자! 이제 산책할 마음이 없다. 앞으로도 하지 않을 것이다.'"

그날 후로 석가모니는 세상에서 위안이 되는 것을 찾을 수 없었다. 삶을 최대의 악으로 단정하고는 스스로 생으로부터 자유로워지고 다른 이들까지 자유롭게 만들기 위해 온 힘을 기울였다. 더욱이 죽은 후에도 절대로 생이 되풀이되는 일이 없도록, 생을 완전히 그 뿌리부터 절멸하기 위해 노력했다. 인도의 현자는 모두 이렇게 말한다.

인간의 지혜는 삶의 질문에 곧장 다음과 같이 답한다.

"육체적 삶은 악이고 허위다. 따라서 육체적 삶을 절멸시키는 것은 선이며, 우리는 이를 소망해야 한다."―소크라테스

"삶이란, 존재해서는 안 되는 것, 즉 악이다. 따라서 무無로 이행하는 것이 삶의 유일한 선이다."―쇼펜하우어

"세상의 모든 것, 즉 어리석음과 지혜로움, 부와 가난, 기쁨과 슬픔은 모두 헛되고 쓸모없다. 죽고 나면 아무것도 남지 않는다. 이 또한 어리석은 일이다."―솔로몬

"고통과 노쇠와 죽음을 피할 수 없다는 것을 의식하며 살아갈 수는 없다. 우리는 생으로부터, 생의 모든 가능성으로부터 자유로워져야 한다."―붓다

이 위대한 현인들이 한 말을 수백수천만 사람들도 말하고 생각하고 느껴왔다. 나 또한 그렇게 생각하고 느낀다.

따라서 나의 지적 방황은 나를 절망에서 구해주지 못했을 뿐만 아니라 오히려 절망을 더 키우기만 했다. 어떤 지식은 삶의 질문에 전혀 대답하지 않았고, 또 어떤 지식은 나의 절망을 숨김없이 확증하여 내가 도달한 결론이 정신착란이나 미망이 아님을 보여주었다. 그 지식은 오히려 나의 생각이 분명히 옳으며 위대한 현인들의 결론과 일치한다고 단언했다.

자신을 속일 수는 없다. 모든 것이 헛되다. 세상에 태어나지 않은 자는 행복하고, 죽음이 삶보다 낫다. 삶에서 벗어나야 한다.

7

지식에서 답을 찾지 못한 나는 주변 사람들의 생활에서 답을 찾아보려고 나와 비슷한 계층의 사람들이 어떻게 살고 있는지, 그들은 나를 절망으로 이끈 질문을 어떻게 다루는지 관찰하기 시작했다.

나와 교양 수준이나 생활방식이 비슷한 사람들에게서 다음을 발견했다.

그들은 우리가 처한 무서운 상황에서 빠져나올 수 있는 네 가지 길을 보여주었다.

첫번째, 무지의 길이다. 이 길은 삶이 악이고 무의미하다는 것을 알려고도 깨달으려고도 하지 않는 것이다. 이 길을 가는 사람들은 대부분 어리거나 몹시 우매한 남녀인데 쇼펜하우어나 솔로몬이나 붓다가 가졌던 삶의 질문을 아직 알지 못한다. 그들은 그들을 기다리는 용龍도, 그들이 매달려 있는 잔가지를 갉아먹는 쥐들도 보지 못한 채 꿀을 핥고 있을 뿐이다. 그러나 그러는 것도 아주 잠시일 뿐, 어떤 계기로든 용과 쥐들에게 주의를 돌리게 되면 꿀을 핥는 일도 끝이다. 그들에게서는 배울 것이 없는데, 내가 이미 알고 있는 것을 모르는 체할 수 없기 때문이다.

두번째, 쾌락주의의 길이다. 삶에 희망이 없음을 알면서도 잠시나마 지상의 행복을 즐기고, 용이나 쥐들을 외면한 채 꿀이 많이 괴었을 때 맘껏 꿀을 핥는 것이다. 솔로몬은 이 길에 대해 이렇게 말한다.

"그러므로 즐겁게 사는 것이 좋은 것이다. 하늘 아래서 먹고 마시며 즐기는 일밖에 사람에게 무슨 좋은 일이 있겠는가? 그것이 없다면 하늘 아래서 하느님께 허락받은 짧은 삶을 무슨 맛으로 수고하며 살 것인가?

그러니 네 몫의 음식을 먹으며 즐기고 술을 마시며 기뻐하여라…… 하늘 아래서 허락받은 덧없는 삶을 애인과 함께 끝날까지 즐기며 살도록 하여라. 이것이야말로 하늘 아래서 수고

하며 살아 있는 동안 네가 누릴 몫이다…… 무슨 일이든 손에 닿는 대로 하여라. 저승에 가서는 할일도 생각할 일도 없다. 깨쳤던 지혜도 쓸데없어진다."*

우리 계층의 대다수 사람들은 두번째 길을 따른다. 그들은 자신에게 주어진 조건 덕분에 불행보다 행복을 더 많이 누리지만 우둔한 도덕성 탓에 그런 행복이 우연의 결과라는 것, 모든 사람이 솔로몬처럼 천 명의 아내와 궁전을 가질 수 없다는 것, 어떤 남자가 천 명의 아내를 가질 때 다른 천 명의 남자는 아내 없이 살아야 하고 궁전 하나를 지으려면 천 명이 땀을 흘려야 한다는 것, 오늘은 나를 솔로몬으로 만든 우연이 내일은 나를 솔로몬의 노예로 만들지도 모른다는 것을 잊고 있다. 그리고 우둔한 상상력 탓에 그들은 붓다의 마음을 괴롭힌 것, 즉 질병과 노쇠와 죽음이 어김없이 닥쳐와서 오늘이라도 아니면 내일이라도 모든 환락을 부숴버리리라는 것을 잊고 있다. 그들 가운데 일부가 자신의 우둔한 사고력과 상상력을 이른바 실증주의 철학이라고 주장한다 하더라도 내가 보기에 그들은 삶의 질문을 대면하지 않고 그저 환락의 꿀을 핥는 사람들과

* 「전도서」 8:15, 9:7, 9:9~10.

조금도 다를 바 없다. 나는 그들을 따라 할 수 없었다. 그들처럼 상상력이 우둔하지 않은 나는 억지로 그럴 수가 없었다. 생명이 있는 사람이라면 그 용과 쥐들을 한 번이라도 본 이상 외면할 수 없을 것이다. 나도 도저히 그럴 수 없었다.

세번째, 힘과 정력의 길이다. 삶이 악이고 무의미하다는 것을 깨닫고는 삶을 파괴해버리는 방법이다. 신념이 굳세고 확고한 소수의 사람들이 이렇게 행동한다. 그들은 자신들이 당하는 광대놀음의 어리석음을 깨닫고는, 죽은 자의 행복이 산 자의 행복보다 낫고 차라리 존재하지 않는 게 더 낫다는 것을 깨닫고 목을 매거나 물에 뛰어들거나 가슴에 칼을 꽂거나 기찻길에 몸을 던져 광대놀음을 끝장낸다. 우리 계층 가운데 이 길을 택하는 사람들이 계속 늘고 있다. 그들 대부분은 영혼의 힘이 활짝 꽃피고 이성을 굴복시키는 습관들이 몸에 배지 않은 삶의 가장 좋은 때에 이 길을 택한다. 나는 이 길이 가장 가치 있는 것 같아서 실행에 옮기고 싶었다.

네번째, 나약함의 길이다. 삶은 악이고 무의미하지만 벗어날 수도 없다고 생각하여 삶을 질질 끌고 가는 것이다. 이 길을 가는 사람들은 죽음이 삶보다 낫다는 것을 알고 있으나 이성적으로 행동할 용기, 즉 단숨에 허위를 끝내고 목숨을 끊을 용기가 없어 뭔가를 기다리기라도 하듯 우물쭈물 살아간다. 더 나은 길을 알고 따를 힘이 있다면 어째서 몸 바쳐 그 길을 가지 않겠는가?…… 그럴 용기가 없기에 이 길은 나약함의 길이다. 나는 이 부류에 속했다.

나와 비슷한 계층의 사람들은 이처럼 네 가지 방법으로 무서운 모순으로부터 자신을 구하려 애썼다. 아무리 지혜를 쥐어짜봐도 나는 네 가지 길 외에 다른 길을 발견할 수 없었다. 첫번째 길은 삶이란 악이고 무의미하고 헛되고 덧없으므로 살지 않는 것이 오히려 낫다는 것을 깨닫지 못하게 한다. 그러나 나는 그것을 깨닫지 않을 수 없었고, 한번 깨닫고 나자 눈을 가릴 수 없었다. 두번째 길은 미래를 생각하지 않은 채 있는 그대로의 삶을 누리는 것이다. 나는 이 길에도 몸을 맡길 수 없었다. 석가모니처럼 노쇠와 질병과 죽음이 엄존한다는 것을 안 이상 한가로이 사냥이나 다닐 수 없었다. 그렇게 살기에는 내 상상력이 너무 활발했다. 또 이제는 쾌락을 안겨주던 덧없는 한순간의 우연에 기뻐할 수 없었다. 세번째 길은 삶이 악이고 어리석다는 것을 깨닫고 삶을 멈춰버리는 것, 즉 목숨을 끊는 것이다. 나는 삶이 악이고 무의미하다는 것을 깨달았지만 어찌된 영문인지 차마 목숨을 끊지는 못했다. 네번째 길은 삶이란 어리석은 것이고 광대놀음임을 알면서도 솔로몬이나 쇼펜하우어가 말한 것처럼 여전히 살아가는 것이다. 세수를 하고, 옷을 입고, 지껄이고, 심지어 책을 쓰기까지 하는 것이다. 참으로 역겹고 괴로운 길이지만 나는 거기에 머물러 있었다.

돌이켜보면, 내가 목숨을 끊지 않은 건 내 생각이 옳지 않을 수도 있다는 어렴풋한 자각이 있었기 때문인 듯하다. 삶의 무의미함을 인정하도록 이끈 현자들의 사상과 내 사상의 도정은 참으로 확실했지만, 어쨌든 내 판단의 진실성에 대한 어렴풋한 회의가 내 안에 남아 있었다.

그 회의란 이런 것이었다. 나, 즉 나의 이성은 삶이 불합리하다는 것을 깨달았다. 만일 나의 이성보다 더 고차원인 이성이 없다면(실제로 그런 것은 없고 그 존재는 입증될 수 없다), 나의 이성은 내 삶의 창조자인 셈이다. 이성이 없다면 나도, 삶도 없을 것이다. 그렇다면 삶의 창조자인 이성이 어떻게 삶을 부정할 수 있겠는가? 다르게도 생각해보자. 삶이 없다면 나의 이성도 존재할 수 없을 것이다. 따라서 이성은 삶의 아들인 셈이다. 삶이 모든 것이다. 이성은 삶의 열매인데 이성이 삶 자체를 부정하는 것이다. 이것이 어딘가 석연치 않았다.

삶이 무의미한 악이라는 사실에는 의심의 여지가 없다고 나는 스스로에게 말했다. 그러나 나는 살아왔고, 살아가고 있고 모든 인류도 그렇다. 어떻게 그럴까? 살지 않을 수 있는데도 인류는 어째서 계속 살아갈까?

그렇다면 나와 쇼펜하우어 우리 두 사람만 똑똑해서 삶의 무의미함과 악을 깨달았단 말인가?

삶이 무의미하다고 생각하는 것은 그리 어려운 일이 아니다. 평범한 사람들도 옛날부터 그렇게 생각하며 살았고 살고 있다. 그런데 어째서 그들은 살면서 삶이 과연 합리적인지는 의심하지 않는 걸까?

현자들에게서 얻은 지식에 따르면 유기물과 무기물 등 세상의 모든 것은 불가사의하게도 지혜로운 방식으로 만들어졌고 나의 처지만 어리석다. 그러나 이 바보들, 즉 엄청나게 많은 보통 사람들은 세상의 모든 유기체와 무기체가 어떻게 이루어져 있는지는 조금도 알지 못한 채 그저 살아가면서 자신들의 삶이 매우 합리적으로 이루어져 있다고 착각한다!

머릿속에 이런 생각이 떠올랐다. 어째서 나는 아직도 뭔가를 모르는 걸까? 무지는 바로 이렇게 작동한다. 무지는 항상 이렇게 말한다. 뭔가에 대해 모를 때 무지는 자신이 모르는 뭔가를 가리켜 어리석다고 말한다. 사실 인류는 삶의 의미를 깨닫지 못하고는 살아갈 수 없었기에 깨달은 척하며 살아왔고 지금도 그렇게 살고 있을 뿐이다. 그런데 나는 이 삶이 무의미하고 그렇기 때문에 살아갈 수 없다고 말하는 것이다.

우리와 쇼펜하우어가 삶을 거부한다 한들 아무도 상관하지 않을 것이다. 삶을 거부하고 싶다면 스스로 목숨을 끊어라. 그러면 골머리 앓을 일도 없을 것이다. 삶이 싫으면 죽으면 된다. 살아서는 삶의 의미를 깨달을 수 없으니, 깨닫지 못하는 것에 대해 너절하게 설명하고 끼적거리며 둘러대지 말고 차라리 삶을 멈춰버려라. 네가 찾아들어간 이 쾌활한 무리의 사람들은 모두 부족한 것이 없고 자신이 무엇을 하고 있는지 알고 있다. 따분하고 불쾌하다면 네가 떠나라.

자살밖에는 길이 없다고 확신하면서도 여전히 실행에 옮길 엄두를 못 내는 우리야말로 가장 나약하고 줏대 없는 바보, 노골적으로 말하자면 어리석음을 자랑하며 온갖 부산을 떨어대는 멍청이들이 아니겠는가?

우리의 지혜가 아무리 의심의 여지 없이 확실한 것이라 해도 그것은 삶의 의미를 가르쳐주지 않는다. 부지런히 삶을 꾸려가는 인류는, 그 수백만의 사람들은 삶의 의미를 의심하지 않는다.

내가 아는 한, 생이라는 것이 존재하기 시작한 태초의 멀고 먼 아득한 옛날부터 사람들은 삶이 헛되다고 생각하면서도 살아왔고 덕분에 나는 삶의 무의미함을 알게 되었다. 그래도 어쨌든 사람들은 삶에 어떤 의미를 부여하려 했다. 인간적 생활이라고 부를 수 있는 것이 시작된 이래 사람들은 이미 그런 식으로 찾은 삶의 의미를 가지고 있었고 나에게까지 그런 삶이 이어져온 것이다. 내 안에, 그리고 내 주변에 있는 모든 것은 삶에 대한 인간 지식의 산물이다. 내가 삶을 비판할 때 사용하는 생각의 도구도 내가 아니라 그들이 만든 것이다. 나는 그들 덕분에 태어나 성장하고 어른이 되었다. 그들은 철을 캤고 소와 말을 길들였고 나무 베는 법을, 씨 뿌리는 법을, 함께 살아가는 법을 가르치면서 우리의 생활을 정립했다. 또 그들은 나에게 생각하고 말하는 법을 가르쳤다. 그런데 그들의 젖을 먹으며 자라난 나는, 그들의 가르침을 받으며 그들의 생각과 말로 사고하는 나는 그들의 소산이면서도 그들이 무의미하다는 것을 그들에게 입증한 것이다! '뭔가 잘못되었다.' 나는 스스로에게 말했다. '뭔가 내가 잘못을 저질렀다.' 그러나 그 잘못이 어디서 비롯됐는지 도무지 찾을 수 없었다.

8

　이제는 모든 의문에 대해 어느 정도 일관되게 말할 수 있지만 그때는 그럴 수 없었다. 삶이 무의미하다는 나의 결론은 위대한 사상가들이 확인해주었던 바와 같이 논리적으로 매우 타당했지만 뭔가 석연치 않았다. 논증 자체가 잘못되었는지 문제 제기가 잘못되었는지 알 수 없었다. 머리로는 충분히 납득했지만 뭔가 부족했다. 아무리 추론해보아도 이성의 판단에 따르는 귀결, 즉 자살은 할 수 없었다. 이성의 판단에 따라 그랬다고 한다면, 목숨을 끊지 않았다고 한다면 거짓말이다. 이성이 작동하고 있었지만 삶의 의식意識이라고 부를 수밖에 없는 뭔가도 작동하고 있었다. 목숨을 끊는 일이 아니라 다른 데로 내 주의를 돌려놓은 또다른 힘도 작동했는데, 이 힘은 나를 절망에서 구해주면서 이성의 방향을 완전히 바꿔놓았다. 나, 그리고 나와 비슷한 수백 명을 가리켜 인류 전체라 할 수는 없으므로 나는 아직 인류의 삶을 알지 못한다고 자각하게 된 것이 바로 이 힘 덕분이다.

나와 같은 계층에 속한 소수의 사람들을 돌아보자 삶의 질문을 전혀 깨닫지 못하는 이들, 어느 정도 깨달았지만 삶에 도취되어 질문을 억눌러버리는 이들, 똑똑히 깨닫고는 삶을 끝내버리는 이들, 분명히 깨닫고도 나약해서 절망적인 삶을 이어가는 이들이 보였다. 다른 계층의 사람들은 눈에 들어오지 않았다. 나를 포함한 교양 있고 부유하고 한가로운 소수의 무리가 인류의 전부라고, 태초부터 살아왔고 지금도 살고 있는 수십억의 대중은 사람이 아니라 가축과 마찬가지라고 여겼기 때문이다.

삶을 고찰한다면서 어떻게 그렇게 사방에서 나를 둘러싼 인류의 삶은 보지 못했는지, 나와 솔로몬들과 쇼펜하우어들의 삶만이 참되고 바르며 나머지 수십억 대중의 삶은 일고의 가치도 없다는 듯 우스꽝스러운 착각에 빠졌는지 돌이켜보면 참으로 한심하고 기이하기 짝이 없지만, 그때는 정말 그랬다. 한

줌의 지혜를 자랑하고 싶은 미망에 빠져 나야말로 솔로몬과 쇼펜하우어와 더불어 유례가 없을 만큼 정확하고 진실하게 질문을 제기했다고, 수십억 대중은 이 질문을 깊이 이해하지 못한다고 확신했다. 그랬기 때문에 나는 삶의 의미를 구하면서도 '이 세상에 살았고, 지금도 살고 있는 수십억의 사람들은 자기 삶에 어떤 의미를 부여했고, 부여하고 있을까?' 같은 것을 한 번도 생각해보지 못했던 것이다.

정말 오랫동안 나는 누구보다 자유롭고 교양 있는 우리 계층 사람들 특유의 광기에 빠져 살았다. 그런데 참된 노동자 민중에 대한 일종의 묘한 물리적 애정에 이끌려 그들이 우리 생각과 달리 어리석지 않다고 깨달은 덕분인지, 아니면 내가 할 수 있는 최선은 목매달아 죽는 것뿐이라고 진정으로 확신한 덕분인지 살면서 삶의 의미를 깨닫고 싶다면 그 의미를 잃고 목숨을 끊으려는 자들이 아니라 자신의 삶을 꾸려나가며 우리의 삶도 떠맡았던, 지금도 그렇게 살고 있는 수십억 대중에게서 찾아야 한다는 생각이 들었다. 그래서 나는 미천하고 배우지 못하고 가진 것 없이 살았던 사람들을, 그렇게 살고 있는 수십억의 사람들을 돌아보았고 완전히 다른 것을 발견했다. 과거에 살았거나 지금 살아가는 수십억의 그들은 모두 내가 본

네 가지 부류 중 어느 것에도 해당되지 않았다. 그들은 스스로 삶의 질문을 제기하고 아주 명쾌하게 답을 얻고 있으므로 그들을 가리켜 삶의 질문을 이해하지 못한다고 말할 수 없었다. 그들의 생활에는 쾌락보다 궁핍과 고통이 더 많았으므로 그들을 쾌락주의자라 말할 수 없었고, 저마다 자신의 모든 행위에서, 물론 죽음에서도 스스로 의미를 찾고 있기에 그들을 가리켜 무의미한 삶을 우물쭈물 살아간다고 할 수도 없었다. 또한 그들은 자살을 최대의 악으로 여겼다. 온 인류는 내가 알지도 못하면서 경멸하기만 하던 삶의 의미를 이미 깨닫고 있었다. 그런데 이성적 지식은 삶에 의미를 주기는커녕 오히려 몰아냈다. 수십억 대중, 인류는 삶에 주어진 의미가 경멸스럽고 거짓된 지식에 기초를 둔 것이라 생각했다.

학자나 현자가 내세우는 이성에 기초한 지식은 삶의 의미를 부정하지만 무수한 대중, 인류는 이성에 기초하지 않은 지식으로 이 의미를 긍정하고 있었다. 이 지식은 신앙, 과거에 내가 배척하지 않을 수 없었던 바로 그 신앙이었다. 셋이면서 하나의 실체인 하느님, 엿새 동안의 창조, 악마와 천사 등등 내 머리가 돌지 않는 한 결코 인정할 수 없는 것들이었다.

나의 처지는 끔찍했다. 이성에 기초한 지식의 길에서는 삶을 부정할 수밖에 없고, 신앙 속에서는 삶을 부정하는 것보다 더 말도 안 되게 이성을 부정할 수밖에 없기 때문이었다. 이성에 기초한 지식에 따르자면 삶은 악이었다. 사람들은 그것을 이미 알고 있어서 살지 않을 수도 있지만 계속 살아왔고 살고 있다. 나 또한 삶이 무의미하고 악이라는 것을 오래전에 알았으면서도 도리 없이 살아왔다. 신앙에 따라 삶의 의미를 깨달으려면 이성을, 그러니까 삶의 의미를 요구하는 이성 자체를 부정해야 했다.

9

그렇게 나는 모순에 봉착했고 출구는 두 가지였다. 지금까지 내가 합리적이라고 여기던 것이 생각과는 달리 합리적이지 않다고 단정하든가, 아니면 지금까지 합리적이지 않다고 여기던 것이 생각과는 달리 합리적이라고 단정하든가. 나는 이성에 기초한 지식의 추론 과정을 검토해보았다.

아무리 검토해보아도 그 과정은 확실히 옳았다. 삶이 무無라는 결론은 피할 수 없었다. 그런데 한 가지 잘못도 발견했다. 내가 제기한 질문에 적합하지 않은 방식으로 사유했던 것이다. 질문은 이러했다. 나는 왜 살아야 하는가, 다시 말해 환영처럼 소멸되는 삶에서 참되고 불멸하는 것은 무엇이며 이 무한한 세계에서 나라는 유한한 존재는 어떤 의미를 갖는가? 이 질문에 답하기 위해 나는 삶을 탐구했다.

삶의 질문들에 대한 어떤 대답에도 나는 만족할 수 없었는데, 그 이유는 나의 질문이 일견 아주 간단해 보이지만 사실은 유한을 무한으로, 무한을 유한으로 설명하라는 요구를 포함한 것이었기 때문이다.

나는 자문했다. 시간과 공간과 인과율을 초월하는 어떤 의미가 내 삶에 있는가? 다음 질문에도 답을 구했다. 시간과 공간과 인과율에 지배되는 어떤 의미가 내 삶에 있는가? 길고 힘겨운 사색 끝에 나는 아무 의미도 없다고 대답했다.

나는 끊임없이 사색하며 유한에 유한을, 무한에 무한을 견주었는데, 달리 도리가 없었다. 따라서 힘은 힘이고, 물체는 물체이고, 의지는 의지이고, 무한은 무한이고, 무는 무라는 당연한 결론이 나왔고 그 밖의 다른 결론은 나올 수 없었다.

수학에서 방정식을 풀려고 하면서 항등식*을 푸는 것과 마찬가지였다. 사고 과정은 옳지만 결과는 언제나 $a=a$, $x=x$, $0=0$인 것이다. 삶의 의미에 관한 논증에서도 똑같은 일이 일

---

* 문자를 포함한 등식에서, 그 문자에 어떤 값을 넣어도 항상 성립하는 등식.

어났다. 이 문제에 대해 모든 학문이 내놓는 답은 항등식과 같을 뿐이었다.

데카르트가 한 대로 모든 것에 대한 완전한 의심에서 출발해 신앙이 허용하는 모든 지식을 버리고, 이성과 경험의 법칙 위에 모든 것을 세우는, 엄격하게 이성에 기초한 지식은 삶의 질문에 대해 내가 얻은 애매모호한 답밖에 주지 못했다. 처음에는 학문이 확실한 해답, 즉 쇼펜하우어가 말하듯 삶은 무의미하고 악이라는 해답을 준 듯했다. 그러나 문제를 깊이 검토해보자 그 해답이 확실하기는커녕 나의 감정 표현에 지나지 않는다는 것을 깨달았다. 브라만, 솔로몬, 쇼펜하우어가 내놓은 해답은 표현만 엄격할 뿐, 애매모호한 항등식에 지나지 않았다. 0=0, 무로 여겨지는 삶은 역시 무다. 철학적인 지식은 그 무엇도 부정하지 않으면서, 자신은 이 문제를 해결할 수 없다고, 그 해결은 애매모호하다고 답할 뿐이다.

그러자 나의 질문에 대한 답을 이성에 기초한 지식에서 찾아서는 안 된다는 생각이 들었다. 이성에 기초한 지식이 주는 해답이란 문제를 다르게 제기했을 경우에만, 즉 무한과 유한의 관계를 다루는 경우에만 해답을 얻을 수 있음을 가리킬 뿐임을 깨달았다. 그리고 신앙이 주는 해답들은 참으로 불합리하고 괴이하지만, 각각의 해답 속에서 그 해답에 꼭 필요한 무한과 유한의 관계를 다룬다는 점에서 우월하다는 사실을 깨달았다. 어떤 질문을 제기해도 답은 같았다. 나는 어떻게 살아야 하는가? 대답: 신의 법칙에 따라서. 나의 삶에 참된 뭔가가 있는가? 대답: 영원한 고통 또는 영원한 행복. 죽음도 파괴하지 못하는 의미란 어떤 것인가? 대답: 무한한 신과의 합일, 즉 천국.

그리하여 나는 그때까지 유일하다고 여겼던 이성에 기초한 지식 말고도 살아 있는 모든 인간에게는 이성적이지 않은 또 다른 지식, 즉 삶을 살아갈 가능성을 주는 신앙이 있다는 것을 인정하게 되었다. 나에게 신앙은 여전히 여러 면에서 불합리해 보였지만 신앙만이 인류에게 삶의 질문에 대한 답을 주고 삶을 살아갈 가능성을 준다고 인정하지 않을 수 없었다.

이성에 기초한 지식을 따르다보니 삶이란 무의미하다는 생각에 이르렀고, 그렇게 나의 삶이 제자리에 멈추자 나는 자살에 이끌렸다. 내가 살펴본 사람들, 인류는 모두 삶을 살아가며 삶의 의미를 안다고 굳게 믿고 있었다. 나 자신을 돌이켜보았다. 나 역시 삶의 의미를 안다고 믿는 동안에는 삶을 살고 있었다. 신앙은 나에게도, 다른 사람들에게도 삶의 의미와 가능성을 주었던 것이다.

다른 나라, 다른 시대 사람들, 나와 함께 살고 있는 사람들, 이미 삶을 마친 사람들을 살펴보아도 다 마찬가지였다. 인류가 존재한 이래 삶이 있는 곳에는 신앙이 있었고, 신앙은 언제나 삶을 살아갈 가능성을 주었으며, 그 신앙의 본질은 언제 어디서나 같았다.

어떤 신앙이 어떤 사람에게 어떤 답을 주든 모든 신앙의 답은 인간이라는 유한한 존재에 무한한 의미를, 다시 말해 고통과 상실과 죽음도 파괴하지 못하는 의미를 부여한다. 오직 신앙 속에서만 삶의 의미와 가능성을 발견할 수 있다는 뜻이다. 그 본질적 의미에서 신앙은 "보이지 않는 것들의 증거"[*]도 아니고, 계시도 아니고(계시는 신앙의 여러 특징 중 하나를 묘사할 뿐이다), 신에 대한 인간의 태도도 아니고(신앙부터 정의하고 신을 정의해야지 신을 통해 신앙을 정의해서는 안 된다), 흔히들 이해하듯 남들의 말에 그대로 동의하는 것도 아니다. 신앙이란 인간이 자신을 파멸시키지 않고 살아갈 수 있게 하는, 삶의 의미에 대한 지식이다. 신앙은 삶의 원동력이다. 인간

---

[*] 사도 바울이 히브리인들에게 보낸 편지에 쓴, 믿음(신앙)에 대한 구절.

은 살아 있는 한 반드시 뭔가를 믿는다. 뭔가를 위해 살아야 한다고 믿지 않는다면 인간은 살아갈 수 없을 것이다. 유한한 것이 환영에 불과하다는 것을 보지 못하고 인정하지도 못한다면 그는 이 유한한 것을 믿는 셈이다. 유한한 것이 환영에 불과하다는 것을 깨닫는다면, 무한한 것을 믿을 수밖에 없다. 요컨대 신앙 없이는 살아갈 수 없다.

그동안 내 사유의 모든 과정을 떠올려보자 섬뜩했다. 이제 인간이 살아가려면 무한한 것을 아예 보지 않거나 아니면 유한한 것과 무한한 것을 합일시킬 만한 삶의 의미를 설명할 수 있어야 한다는 것이 분명해졌다. 이미 나름의 설명을 갖고 있었지만 유한한 것을 믿는 동안은 그 설명이 내게 딱히 필요하지 않았으므로 나는 이성으로 검증해보았다. 이성의 빛에 비추어보자 지금까지의 설명은 먼지가 되어 날아가버렸다. 한편, 유한한 것을 믿지 않게 된 시기가 찾아왔다. 이 시기의 나는 삶의 의미를 줄 법한 설명을 내가 아는 것으로부터 끌어내 이성의 토대 위에 세우고자 했다. 그러나 아무것도 세우지 못했다. 인류의 탁월한 지성들처럼 나도 0=0이라는 결론에 도달했고, 그 밖에는 아무것도 얻지 못했지만 이런 결론을 얻은 데 새삼 놀랐다.

경험적 지식에서 답을 찾던 때 나는 무엇을 했던가? 내가 왜 사는지를 알고 싶었고 나의 외부에 있는 모든 것을 연구했다. 많은 것을 배웠지만 나에게 필요한 것은 아니었다.

철학의 지식에서 답을 찾던 때 나는 무엇을 했던가? 나와 같은 처지에 있던 존재자들, 나는 왜 사는가라는 질문에 답을 얻지 못한 존재자들의 사상을 연구했다. 아무것도 알 수 없다는 것을 내가 처음부터 알고 있었다는 것 외에는 알 수 없었다.

나는 무엇인가? 무한의 일부다. 이 두 마디에 모든 문제가 놓여 있다. 인류는 어제에야 처음으로 이 물음을 스스로에게 던졌던 걸까? 영리한 아이라면 물었을 법한 당연하고 단순한 이 물음을 스스로에게 던졌던 사람이 나 이전에는 없었던 걸까?

인간이 존재한 이래 사람들은 언제나 이 질문을 제기했다. 인간이 존재한 이래 이 질문을 해결하기 위해서는 유한한 것과 유한한 것을, 무한한 것과 무한한 것을 동일시하는 것만으로는 부족하다는 것도 사람들은 알고 있었다. 인간이 존재한 이래 사람들은 무한과 유한의 관계를 끊임없이 탐색하고 나름대로 표현했다.

유한한 것과 무한한 것이 동일시되고, 삶의 의미를 얻는 데

도움이 되는 관념들, 즉 신, 자유, 선 등을 우리는 이성적으로 따지려고 든다. 그러나 어느 것 하나도 이성의 비판을 견디지 못한다.

우리가 어린아이처럼 자신만만하게 시계를 분해해 태엽을 꺼내고 장난감으로 가지고 놀다가, 시계가 움직이지 않는 것을 보고 깜짝 놀란다면, 이는 무섭다기보다 우스꽝스러운 일이 아니겠는가.

유한한 것과 무한한 것의 모순을 해결하고 삶의 질문에 대한 답을 찾아 삶을 가능하게 하는 일은 아주 필요하고 소중하다. 모든 곳, 모든 민족에게서 발견할 수 있는 이 유일한 답은 인간적 삶이 존재하지 않았을 것 같았던 시절부터 얻어진 답, 우리가 절대로 똑같은 것을 만들어내지 못할 정도로 어려운 답이다. 그런데 우리는 모든 이가 본래적으로 품고 있는 질문을, 우리는 답하지 못할 질문을 다시 제기한답시고 소중한 답을 경솔하게 망가뜨리고 있는 것이다.

무한한 신, 영혼의 신성神性, 서로 연결된 신과 인간의 일, 도덕적 선악 등의 관념들은 우리에게 보이지 않는, 인류의 삶이 거쳐온 머나먼 과거에 만들어진 관념들, 그것 없이는 삶 자체도 나도 존재하지 않았을 그런 관념들이다. 그런데도 나는 그러한 인류 활동의 소산을 모두 버리고 나만의 관념들을 새로이 만들려 했던 것이다.

당시에는 그렇게 생각하지 못했지만 생각의 싹은 이미 내 안에서 움트고 있었다. 1)나는 우리가 아무리 현명하다 해도 나와 쇼펜하우어와 솔로몬은 어리석다는 것을 깨달았다. 우리는 삶이 악이라는 것을 깨닫고도 여전히 살아간다. 삶이 어리석은 것이라면, 또 내가 그토록 합리적인 것을 좋아한다면, 삶을 끝내버려야 마땅하다. 그런데 아무도 삶을 부정하지 않으려고 하니 어리석기 짝이 없다. 2)나는 우리의 모든 논증이 톱니가 맞지 않는 수레바퀴처럼 마법의 고리 속에서 헛돈다는 것을 깨달았다. 아무리 훌륭하게 논증하더라도 질문에 대한 답은 언제나 0=0일 뿐이므로 분명 우리의 방법이 잘못된 것이다. 3)나는 신앙이 주는 답들은 인류의 가장 심오한 지혜를 간직하고 있고, 이성에 근거해 그 답들을 부정할 권리가 나에게 없으며, 무엇보다도 그 답들만이 삶의 질문에 답할 수 있다는 것을 깨닫기 시작했다.

10

조금씩 깨달아갔지만 마음이 가벼워지지는 않았다.

나는 이성을 정면으로 부정하라고 나에게 거짓을 요구하지만 않는다면 어떤 신앙이라도 받아들이기로 했다. 그래서 불교와 이슬람교 경전을 연구했고, 특히 그리스도교는 성경은 물론이고 주변사람들의 생활을 비추어보며 깊이 연구했다.

나의 눈은 자연스럽게 나와 같은 계층의 신자들에게로 먼저 향했고 학자들, 정교회 신학자들, 장로들, 진보적인 신학자들, 그리고 대속신앙을 통해 영혼의 구원을 바라는 새로운 종파의 그리스도교도들에게로 향했다. 나는 이들을 붙잡고서 어떻게 신앙생활을 하고 무엇에서 삶의 의미를 찾는지 요목조목 끈질기게 물었다.

되도록 양보하며 모든 논쟁을 피했음에도 나는 그들의 신앙을 받아들일 수 없었다. 그들이 신앙이라고 제시한 것은 삶의 의미를 밝혀주기는커녕 오히려 어둡게 했고, 그들은 나를 신앙으로 인도한 삶의 질문에 대답하기 위해서가 아니라 나와는 전혀 무관한 다른 목적들을 위해 신앙을 주장했다.

나는 그런 사람들과 사귀며 몇 차례 희망을 느끼다가도 이전의 절망으로 되돌아갔고, 그 견디기 힘들었던 공포를 지금도 기억한다. 그들이 저마다 교리를 설명할수록 오류가 더욱 선명히 보였고 마침내 나는 그들의 신앙에서 삶의 의미를 밝히겠다는 희망을 버렸다.

그들이 교리를 설명하면서 불필요하고 불합리한 많은 것을 그리스도교의 진리에, 내가 언제나 가깝게 느끼던 그리스도교의 진리에 마냥 갖다붙였던 것은 그다지 경멸스럽지 않았다. 정말 경멸스러운 것은 그들과 나의 생활이 조금도 다르지 않고, 차이가 있다면 그들은 교리를 내세우면서도 그 원칙들을 따르지 않는다는 것뿐이었다. 그들은 스스로를 속이면서 목숨이 붙어 있는 한 꾸역꾸역 살아가고 손에 잡히는 모든 것을 잡으려 할 뿐 나와 마찬가지로 어떤 삶의 의미도 갖고 있지 못했다. 그들이 상실과 고통과 죽음의 공포를 없애는 삶의 의미를 가졌다면 인간에게 주어진 조건들을 두려워하지 않았을 것이다. 그러나 나와 같은 계층의 신자들은 나와 별다를 것 없이 풍족한 생활을 하면서 재산을 지키거나 늘리려고 안간힘을 썼고 상실과 고통과 죽음을 두려워했다. 또, 비신자들이나 나처럼 온갖 육욕을 채우면서 우리보다 더 저속하지 않을지는 몰라도 조금도 다를 바 없는 악한 생활을 하고 있었다.

아무리 논증해보아도 그들의 신앙이 진실하다고 믿을 수 없었다. 내가 두려워하는 가난과 질병과 죽음을 자신들은 조금도 두려워하지 않는다고, 바로 자신들에게는 삶의 의미가 있기 때문이라고 실제 행동으로 보여주었더라면 납득할 수 있었을 것이다. 그러나 우리 계층의 다양한 신자들 중에 그렇게 살아가는 사람은 보지 못했다. 오히려 우리 계층 가운데 신앙에서 멀리 있는 사람들이 그렇게 사는 것을 보았을 뿐이다.

그렇게 나는 그들의 신앙은 내가 찾는 것이 아니며, 그 신앙은 참된 의미의 신앙이 아니라 생활에서 찾을 수 있는 쾌락주의적 위안에 불과하다는 것을 깨달았다. 그런 신앙이 위안까지는 아니더라도 죽음의 침상에서 회개하는 솔로몬의 마음을 어느 정도 달래줄 수 있을지 모르지만, 남의 노고를 이용해 즐거움을 얻지 않고 스스로 삶을 창조하는 소명을 지닌 대다수의 인류에게는 아무런 도움을 줄 수 없겠다는 생각이 들었다. 모든 인류가 살아가기 위해서는, 모든 인류가 삶에 의미를 부여하면서 계속 살아가기 위해서는 수십억 인류가 완전히 다른 종류의, 참된 신앙의 지식을 가져야 할 것 같았다. 참된 신앙이 존재한다고 믿게 된 것은, 나나 솔로몬이나 쇼펜하우어가 스스로 목숨을 끊지 않았다는 사실이 아니라 수십억 인류가 과거에 살았고 지금도 살아가는 삶이라는 파도에 나나 솔로몬도 실려간다는 사실 때문이었다.

그래서 나는 가난하고 미천하고 배우지 못한 사람들 가운데 신앙을 가진 순례자들, 수도사들, 구교도들, 농부들과 가까이 지내보았다. 그들도 우리 계층의 가짜 신자들이 믿는 그리스도교의 가르침을 따르고 있었다. 여기에도 많은 미신이 그리스도교의 진리와 섞여 있었지만 차이가 있었다. 우리 계층 신자들의 미신은 그들에게 전혀 필요하지도 않고 그들의 생활과 아무 상관도 없는 일종의 쾌락주의적 위안이었다. 반면, 노동을 하는 민중의 미신은 생활에 밀접하게 결부되어 있는 필요조건이었다. 우리 계층 신자들의 생활은 신앙과 모순되었지만 노동을 하는 신자들의 생활은 신앙의 지식이 제공하는 삶의 의미로 뒷받침되었다. 그들의 생활과 신앙을 깊이 관찰할수록 그들이야말로 참된 신앙을 가졌다는 것을, 그들의 신앙은 그들에게 꼭 필요하며 오직 그것만이 그들에게 삶의 의미와 가능성을 준다는 것을 확신하게 되었다. 신앙 없이도 생활이 가능하거나 또 자신을 신앙인이라고 인정하는 사람이 천에 하나 있을까 말까 한 우리 계층과는 반대로 민중에게는 신앙이 없다고 인정하는 사람이 천에 하나 있을까 말까였다. 무위도식과 오락, 불만으로 점철된 삶을 사는 우리 계층과는 반대로 민중은 괴로운 노동을 하면서도 삶에 불만을 가지기보다 만족스러워했다. 상실과 고통을 주었다며 운명에 저항하거나 불평하는 우리 계층과는 반대로 민중은 조금의 의혹도 저항도 없이 이 모든 일이 선이라는 굳건한 신념으로 질병과 슬픔을 감수했다. 명석할수록 오히려 삶의 의미를 깨닫지 못하고 고통과 죽음에서 심술궂은 냉소 같은 것을 보는 우리 계층과는 반대로 민중은 묵묵히 살고 고민하며 죽음을 향해 기쁜 마음으로 평온하게 다가갔다. 평온한 죽음, 공포나 절망이 따르지 않는 죽음이 매우 드문 우리 계층과는 반대로 민중에게는 불안해하고 반발하고 비통해하는 죽음이 극히 드물었다. 나와 솔로몬이 삶의 유일한 행복이라고 여기는 모든 것을 가지지 않아도 누구보다 큰 행복을 누리는 사람들이 세상의 다수였다. 나는 주변을 더 넓게 둘러보았다. 과거와 현재의 수많은 민중의 생활을 들여다보았다. 삶의 의미를 깨달은 상태로 살고 죽을 줄 아는 사람은 두 명, 세 명, 혹은 열 명, 백 명, 천 명이 아니라 수백 수천만 명이었다. 기질, 지력, 교양, 처지 등은 가지각색이지만 그들은 무지한 나와는 달리 삶과 죽음의 의미를 분명히 알고 평온한 마음으로 노동을 하면서 고통과 상실을 견뎠고, 삶과 죽음에서 공허가 아니라 선을 보며 살고 죽었다.

나는 그런 사람들을 사랑하게 되었다. 그렇게 살아가는 사람들의 생활, 그리고 책에서 읽고 풍문으로 들었던 사람들의 생활, 그렇게 죽는 사람들의 생활을 깊이 탐구할수록 그들을 더욱 사랑하게 되었고 나도 사는 것이 편안해졌다. 이 년이 흐르자 오래전부터 내 안에서 준비되고 있었던, 내 안에서 그 징후를 보이던 커다란 변화가 일어났다. 부유하고 많이 배운 우리 계층 사람들의 생활이 역겨워졌을 뿐만 아니라 그런 생활은 나에게서 모든 의미를 잃었다. 우리의 모든 행위, 모든 논증, 모든 학문, 모든 예술이 어린아이들의 장난처럼 보였다. 이런 것에서는 아무런 의미를 찾을 수 없었다. 노동을 하며 스스로 삶을 창조하는 민중의 행위야말로 참된 것이었다. 마침내

나는 이러한 삶에 부여된 의미야말로 진리임을 깨닫고 받아들
였다.

11

나는 신앙을 가졌다면서도 신앙을 거스르며 생활하는 사람들을 보면 그 신앙을 경멸하며 무의미하다고 여기다가도, 똑같은 신앙이라도 그 신앙의 가르침에 따라 생활하는 사람들을 보면 왠지 모르게 끌려 합리적이라 여겼다. 이것을 떠올려 보니 어째서 한때는 신앙을 경멸하며 무의미한 것으로 여겼는지, 어째서 나중에는 신앙을 받아들이고 의미 있는 것으로 여겼는지 똑똑히 알게 되었다. 내가 잘못된 생각에 빠졌다는 사실과 그 까닭을 깨달은 것이다. 내가 잘못된 생각에 빠진 까닭은 내 사고방식의 문제라기보다는 나의 악한 생활에 있었다. 또한 내 눈을 가려 진리를 보지 못하게 한 것은 내 생각의 오류라기보다는 야비한 욕정의 만족을 좇던 쾌락주의적 생활이었다. 내 삶은 무엇인가라는 질문에 대해 내린, 삶은 악이라는 해답은 아주 옳았다. 다만 나에게만 해당되는 그 해답을 모든 사람의 삶 전반에 적용한 것이 옳지 않았다. 나는 나의 삶이 어떤 것인지 스스로에게 물었고, 삶은 악이고 무의미하다는 해답을 얻었다. 육욕을 묵인하는 나의 생활은 정말이지 악과 무의미의 연속이었다. 따라서 '삶은 악이고 무의미하다'는 해답은 모든 사람이 아니라 나의 생활에만 해당되었다. 그뿐만 아니라 내가 훗날 복음서에서 발견하게 될 진리, 즉 사람들은 빛보다 어둠을 더 좋아하고 그것은 그들의 행위가 악하기 때문이라는 진리도 깨달았다. 악행을 저지르는 사람은 자신의 행위가 드러나지 않도록 빛을 꺼리고 빛으로 나아가지 않는 법이다. 삶의 의미를 터득하려면 무엇보다도 먼저 악과 무의미의 연속인 생활을 버려야 하며 이를 위해 이성이 필요하다는 것도 깨달았다. 내가 오랫동안 명백한 진리의 주위를 맴돌고만 있던 까닭도, 인류의 생활에 대해 말할 때는 극소수에 지나지 않는 기생충들이 아니라 모든 인류의 생활을 살펴보아야 한다는 이치도 깨달았다. 이것은 2×2=4와 같이 언제나 진리였지만 이 진리를 인정하게 되면 내가 선하지 않다는 것도 인정해야 했기 때문에 나는 이 진리를 인정하지 않았다. 스스로를 선하다고 느끼는 것이 2×2=4를 인정하는 것보다 더 중요하고 절실했던 것이다. 나는 선한 사람들을 사랑하며 자신을 미워하게 되었고, 그러면서 이 진리를 인정하게 되었다. 그러자 모든 것이 분명해졌다.

만일 사람을 고문하고 목을 베는 것을 업으로 삼는 망나니나 인사불성인 술주정꾼, 혹은 평생 캄캄한 방안에 틀어박힌 채 밖으로 나서는 즉시 죽는 줄 아는 미치광이가 삶이란 무엇인가 하고 자신에게 묻는다면 어떨까? 분명 그들은 삶은 가장 큰 악이라는 답 외에 아무것도 찾지 못할 것이다. 미치광이의 답은 그 자신에게는 아주 옳다. 나도 그런 미치광이가 아닐까? 부유하고 많이 배운 우리는 모두 미치광이가 아닐까?

나는 정말로 우리가 그런 미치광이일지도 모른다고 깨달았다. 적어도 나는 분명 미치광이였다. 새는 하늘을 날고, 먹이를 모으고, 둥지를 지으며 살 운명이고 그러는 새를 볼 때면 나는 기쁨을 느낀다. 산양과 토끼와 이리는 몸을 살찌우고, 새끼를 낳아 기르며 살 운명이고 그렇게 사는 짐승들을 볼 때면 그들의 삶은 행복하고 합리적이라는 굳은 신념이 생겨난다. 그렇다면 사람은 무엇을 해야 할까? 사람도 동물과 마찬가지로 생활을 이어나가야 하는데, 단지 차이가 있다면 사람은 혼자서는 살아가지 못하고 파멸하므로 모든 사람을 위하며 살아야 한다는 것이다. 자신이 아니라 모든 사람을 위해 살 때 비로소 사람은 행복하고, 나의 생활은 합리적이라는 굳은 신념이 솟아난다. 과연 나는 지난 삼십 년간 그런 의식적인 생활을 꾸려왔던가? 나는 모든 사람은커녕 나 한 사람을 위한 생활조차 제대로 하지 않았다. 나는 기생충처럼 살았고, 스스로에게 무엇 때문에 사느냐고 묻고는 무엇 때문도 아니라고 대답했다. 삶의 의미가 생활을 꾸려가는 데 있다면, 삼십 년 동안 생활을 꾸려가기는커녕 자신은 물론 다른 이들의 생활까지 파괴해온 내가 삶은 악과 무의미의 연속이라는 답 외에 어떤 답을 내놓을 수 있겠는가? 나의 삶은 악하고 무의미했다.

　세계의 생활은 누군가의 의지에 따라 이루어지고 있다. 그 누군가는 세계 전체의 생활과 우리의 생활을 통해 어떤 일을 하고 있다. 그 의지의 뜻을 알고 싶다면 먼저 그 의지의 명령에 복종하면서 그것이 우리에게 바라는 것을 행해야 한다. 만일 내가 그것을 행하지 않는다면, 나는 그 의지가 나에게 무엇을 바라는지 영원히 깨닫지 못할 것이고, 우리 모두와 세계 전체에 무엇을 바라는지는 더더욱 깨닫지 못할 것이다.

만일 어느 네거리에서 헐벗고 굶주린 거지를 발견해 멋진 건물 지붕 밑으로 데려가 먹을 것을 주고 그에게 막대기 같은 것을 위아래로 움직여보라고 시킨다면, 거지는 무엇 때문에 여기 왔는지, 왜 막대기를 움직여야 하는지, 건물 전체의 구조가 합리적인지 파악하기 전에 우선 막대기부터 움직여야 할 것이다. 막대기를 움직여보면 펌프가 작동하면서 물을 끌어올리고 그 물이 몇 줄기 도랑으로 흘러들어가는 것을 알게 된다. 그리고 지붕이 있는 우물가에서 그를 불러내 다른 일을 시킨다면 그는 과일을 따서 주인을 기쁘게 할 수도 있다. 그렇게 쉬운 일에서 어려운 일로 옮겨가며 건물의 구조를 더 자세히 알게 되고 그 건물에서 행해지는 일에 참여하게 된다. 마침내 그는 무엇 때문에 여기 왔는지 묻지 않게 될 것이고, 건물의 주인을 비난하지도 않을 것이다.

주인의 뜻에 따라 행하는 사람들, 가축처럼 부려지는 미천하고 배우지 못하고 노동으로 살아가는 사람들은 주인을 비난하지 않는다. 한편, 똑똑하다는 우리는 공공연히 주인의 재물을 축내고 주인이 바라는 일을 하지도 않는데다가 빙 둘러앉아 이러쿵저러쿵 따지기만 한다. '왜 이 막대기를 움직여야 하지? 바보 같은 짓이야.' 그러고는 이렇게 결론짓는다. 주인은 바보이고 이 세상에 주인 따위는 없다. 우리는 똑똑하지만 그 똑똑함 때문에 오히려 자신의 무용함만 느끼게 되어, 어떻게 든 스스로 그 상태에서 벗어나려 한다.

12

이성에 기초한 지식의 오류를 자각하자 쓸모없는 지적 고찰이라는 미혹에서 벗어날 수 있었다. 진리는 오직 생활에서만 얻어진다는 확신이 들자 나는 스스로 나의 생활이 올바른지 의심하게 되었다. 나는 모든 혜택을 누리는 특권적인 생활에서 벗어나 땀흘려 일하는 평범한 민중의 참된 생활을 발견했고, 그런 삶만이 참된 삶이라는 것을 깨달으면서 비로소 구원을 얻었다. 삶과 그 의미를 깨달으려면 먼저 스스로가 기생충 같은 생활이 아니라 참된 생활을 해야 한다는 것, 참된 인류가 삶에 부여한 의미를 받아들이고 그런 삶을 살며 그 의미를 확인해야 한다는 것을 깨달았다.

그 무렵 이런 일이 일어났다. 그 일 년 동안 나는 쉴새없이 매 순간 나 자신에게 물었다. 밧줄이나 권총으로 목숨을 끊어야 하지 않을까. 그 일 년 동안, 마음 한쪽에는 지금까지 이어온 사유와 관찰이 있었고 다른 한쪽에는 가슴을 조이는 괴로운 감정이 있었다. 나는 이를 신에 대한 탐구였다고밖에는 달리 말할 수가 없다.

이제 와서 말하자면, 신에 대한 나의 탐구는 이성이 아니라 감정의 작용이었는데, 머리가 아니라 가슴에서 이루어졌기 때문이다. 그 감정이란 고립무원의 두려움, 낯선 것들에 둘러싸인 고독감, 나아가 그 뭔가에게 도움을 바라는 심정이었다.

신의 존재란 증명하기 불가능하다고 철저히 확신하면서도 (신의 존재를 증명할 수 없다는 칸트의 증명을 나는 충분히 이해했다) 나는 여전히 신을 찾고 있었고, 신을 찾으리라는 기대를 버리지 않았고, 아직은 찾지 못한 그 존재를 향해 옛 습관대로 기도를 올리곤 했다. 신의 존재를 증명할 수 없다는 칸트나 쇼펜하우어의 논거를 머릿속으로 검토하기도 하고 반박하기도 했다. 원인이란 시간과 공간과 같은 사유의 범주가 아니라고 스스로에게 말했다. 내가 존재하는 데는 원인이 존재하고, 그 원인에는 또다른 원인이 존재한다. 이 모든 것의 원인은 우리가 신이라고 부르는 것이다. 나는 이러한 생각에 머물며 궁극적 원인의 현존을 의식하려 안간힘을 썼다. 그렇게 나 자신을 다스리는 힘이 존재한다는 것을 의식하자, 나는 삶의 가능성을 느꼈다. 다시 스스로에게 물었다. '그 원인은, 그 힘은 대체 무엇인가? 나는 그것을 어떻게 생각해야 하는가? 내가 신이라고 부르는 것과 나는 어떤 관계인가?' 내가 아는 대답만 나올 뿐이었다. '그는 창조주이며 섭리자다.' 이런 대답은 만족스럽지 못했고, 살아가기 위해 정말 필요한 뭔가가 내 안에서 사라지는 느낌이었다. 나는 공포에 빠졌고 내가 찾고 있는 존재에게 도와달라고 기도했다. 그러나 기도를 계속할수록 그가 나의 기도를 듣지 않는다는 것, 기도를 바칠 그 어떤 대상도 존재하지 않는다는 사실이 분명해졌다. 나는 신이 없다는 데 절망하며 외쳤다. "주여, 나를 가엾게 여기고 구하소서! 주여, 나를 가르치고 인도하소서, 나의 하느님이여!" 그러나 아무도 나를 가엾게 여기지 않았고, 내 삶은 멈춘 것 같았다.

여러 각도로 애써보았지만 내가 아무런 동기도 원인도 의미도 없이 세상에 태어났을 리 없다는 인식으로, 내가 둥지에서 떨어진 어린 새 같은 존재일 리 없다는 인식으로 자꾸만 되돌아왔다. 만일 내가 둥지에서 떨어진 어린 새이고 키 큰 풀숲에 떨어져 찍찍거리며 울고 있다 해도, 내가 우는 것은 어머니가 나를 잉태하고 낳고 귀여워하고 기르고 사랑해준 것을 알기 때문이다. 내 어머니는 어디에 있는가? 내가 버림받은 거라면, 누가 나를 버렸는가? 누군가 나를 사랑하여 세상에 낳아주었다는 것은 숨길 수 없는 사실이다. 그는 누구인가? 대답은 다시 신이었다.

'그는 내가 찾고 절망하고 투쟁하는 것을 알고 있고 또 보고 있다. 그는 존재한다.' 나는 스스로에게 말했다. 그러자 홀연히 내 안에서 생명이 약동했고 존재의 가능성과 기쁨이 느껴지는 것 같았다. 그러나 신이 존재한다고 인정한 뒤 다시 신과 나의 관계를 찾기 시작하자, 신은 세상에 아들을 속죄양으로 보낸, 삼위일체의 창조주로 보였다. 세계로부터, 나로부터 분리된 신은 눈앞에서 다시 얼음처럼 녹아내려 아무것도 남지 않았고 내 삶의 샘은 말라버렸다. 나는 절망에 빠져 목숨을 끊는 것 말고는 방법이 없다고 느꼈다. 무엇보다 고약한 것은, 나는 결국 그 짓마저도 실행에 옮기지 못하리라는 것이었다.

두 번 세 번, 아니 수십 수백 번 나는 그런 상태에 이르렀는데, 다시 살아난 듯한 기분으로 환희에 젖다가도 금세 또 삶을 지속할 수 없다고 느끼며 절망에 빠졌다.

이른봄 어느 날, 술렁거리는 나뭇잎 소리에 귀를 기울이며 혼자 숲속에 있었다. 나는 지난 삼 년처럼 한 가지 생각에 골몰한 채 숲의 속삭임에 귀를 기울였다. 다시 신을 찾고 있었던 것이다.

'그렇다, 신은 존재하지 않는다.' 나는 마음속으로 말했다. '나의 상상이 아니라 나의 생활처럼 실재하는 신, 그런 것은 없다. 그 무엇으로도, 그 어떤 기적으로도 신을 증명할 수는 없다. 기적 역시 나의 상상, 그것도 극히 비이성적인 상상이기 때문이다.'

'하지만 내가 찾고 있는 신이라는 관념은?' 스스로에게 물었다. '이 관념은 대체 어디서 왔는가?' 그러자 내 안에서 생명의 기쁜 파도가 일렁거렸다. 주변의 모든 것이 되살아나 저마다 의미를 띠었다. 그러나 기쁨은 오래가지 않았다. 지성의 작업이 계속되었기 때문이다. '신이라는 관념은 신이 아니다.' 스스로에게 말했다. '관념이란 내 안에서 생기는 것이므로 신이라는 관념 역시 내가 내 안에서 만들어낼 수도, 만들어내지 않을 수도 있다. 이것은 내가 찾는 것이 아니다. 나는 살아가는 데 없어서는 안 되는 것을 찾고 있다.' 다시 내 안과 주변의 모든 것이 죽어갔고, 나는 또다시 자살을 생각했다.

그러나 나는 나 자신을, 내 안에서 일어나고 있는 것을 돌이켜보았고, 내 안에서 수백 번 되풀이되었던 죽음과 살아남을 떠올렸다. 신을 믿을 때만 살아갈 수 있었던 것을 떠올렸다. 그리고 스스로에게 말했다. 예전에도 그랬지만 지금도 신을 알고자 하면 살아나고, 신을 잊고 신을 믿지 않으면 다시 죽어간다. 이 살아남과 죽음은 대체 무엇인가? 신의 존재를 믿지 않으면 나는 살아 있지 않다. 신을 찾을 수 있다는 막연한 희망이라도 없었다면 나는 벌써 자살했을 것이다. 오직 신을 느끼고 찾을 때만 나는 살아 있는 것이다. 대체 나는 또 무엇을 찾고 있는가? 내 안에서 목소리가 들렸다. 이것이 바로 신이다. 살아가는 데 없어서는 안 되는 바로 그것. 신을 안다는 것과 산다는 것은 같다. 신은 곧 생명이다.

'신을 찾으며 살아라, 그러면 신이 없는 삶도 사라질 것이다.' 그러자 내 안과 주변의 모든 것이 아주 밝게 빛났고, 이 빛은 나를 떠나지 않았다.

그렇게 나는 자살충동에서 벗어났다. 이 대전환이 내 안에서 언제 어떻게 일어났는지는 말할 수 없다. 생명의 힘이 내 안에서 슬며시 사그라지다가 끝내 더는 살아갈 수 없고 자살밖에는 길이 없는 상태에 이르자 그 힘이 다시 슬며시 되살아났다. 이상하게도, 나에게 되돌아온 힘은 결코 새로운 것이 아니라 아주 어린 시절 나를 휘감았던 그 힘이었다. 나는 가장 먼 나의 유년 시절, 청년 시절로 되돌아갔다. 나를 만들고 나에게서 뭔가를 바라는 의지에 대한 신앙으로 되돌아갔다. 내 삶의 유일한 목적은 보다 선한 사람이 되는 것, 즉 이 의지와 일치되는 삶을 사는 것이라는 생각으로 되돌아갔다. 이 의지는 아주 먼 과거에 인류 전체가 삶의 지침으로 삼고자 만든 것 속에서 찾을 수 있다는 신앙으로, 다시 말해 신과 도덕적 완성에 대한 신앙, 삶에 의미를 부여하는 전통에 대한 신앙으로 되돌아간 것이다. 바로 그런 신앙이었다! 차이가 있다면, 과거에는 모든 것을 무의식적으로 받아들였고 지금은 신앙 없이는 살아갈 수 없다고 분명히 알게 되었다는 것이다.

나에게 일어난 일을 이렇게 말할 수도 있겠다. 나도 모르는 사이에 나는 조각배에 실려 어느 강가에서 멀어져갔다. 건너편 강기슭으로 가라는 지시만 받은 나는 서투른 손에 노를 쥔 채 홀로 내팽개쳐졌다. 나는 최선을 다해 노를 저었다. 그러나 강의 중심으로 갈수록 물살이 빨라져 목표지점에서 멀어지며 떠내려갔고 나처럼 급류에 밀려 떠내려가는 사람들도 많이 마주쳤다. 혼자 열심히 노를 젓는 사람들, 노를 내팽개친 사람들이 보였다. 사람들이 가득 탄 조각배와 대형 선박도 보였다. 어떤 사람들은 강의 흐름을 거슬렀고 또 어떤 사람들은 흐름에 몸을 내맡기고 있었다. 노를 저을수록 나는 하류 쪽 사람들에게 시선을 빼앗기고 노 젓는 사람들 흐름에 휩싸여 가야 할 방향을 더 자주 잊게 되었다. 하류로 떠내려가는 조각배와 선박이 밀집한 강 중심에 이르자 나는 완전히 방향을 잃고 노를 손에서 놓아버렸다. 사람들은 사방에서 환호성을 지르고 급류를 타고 아래로 흘러내려가며 이쪽 말고 다른 방향은 없다고 단언했다. 나도 그들의 말을 믿고 뒤따라 흘러내려갔다. 아주 멀리 가자 금방이라도 나를 박살내버릴 것 같은 여울의 굉음이 들렸고 산산이 부서진 조각배가 수도 없이 보였다. 그제야 정신이 번쩍 들었다. 한참 동안이나 무슨 일이 일어났는지 알지 못했다. 구원의 손길은 보이지 않고 눈앞에는 내가 그토록 두려워하면서도 돌진하던 파멸만 보일 뿐이라 나는 어쩔 줄 몰랐다. 무심코 뒤를 돌아보자 쉬지 않고 꾸준히 물결을 거슬러 올라가는 수많은 조각배가 보였다. 비로소 도착해야 할 곳과 그 방향, 그리고 손에 쥐었던 노가 생각났고 나는 건너편 강기슭을 향해 물결을 거스르며 노를 저었다.

건너편 강기슭은 신이고, 방향은 전통이고, 손에 쥔 노는 건너편으로 가기 위해, 즉 신과 하나가 되기 위해 나에게 주어진 자유였다. 그렇게 생명의 힘이 내 안에서 되살아났고 나는 다시 살기 시작했다.

13

    우리 계층은 참된 삶을 살지 않고 흉내를 낼 뿐이라고, 우리
는 넘치는 부를 누리면서 오히려 삶을 터득하는 힘을 빼앗기
고 있다고, 참된 삶을 터득하기 위해서는 기생충과 다름없는
우리의 특권적인 삶이 아니라 땀흘려 일하는 소박한 민중의
삶을, 스스로 생활을 개척하고 의미를 부여하는 민중의 삶을
이해해야 한다고 깨달은 나는 그 생활을 버렸다. 우리 바로 옆
에서는 러시아의 민중이 노동을 하며 소박하게 살아가고 있었
다. 나는 그들을 관찰하며 그들이 생각하는 삶의 의미를 살펴
보았다. 그 의미를 말로 표현하면 다음과 같다. 인간은 모두 신
의 뜻에 따라 세상에 태어났다. 그리고 신은 인간이 저마다 영

혼을 해치거나 구할 수 있도록 만들었다. 삶을 살아가는 인간의 사명은 영혼을 구하는 것이다. 영혼을 구하려면 신의 뜻에 따라 살아야 하고, 신의 뜻에 따라 살려면 세상의 모든 쾌락을 버리고 근면하고 겸손하고 인내하고 자비로워야 한다. 민중은 자신들 안에 살아 있고 전설로 표현되는 전통과 그 전통의 수호자들로부터 이어받은 신앙의 가르침에서 그 의미를 퍼올린다. 그 의미는 참으로 명료하고 가슴에 와닿았다. 그러나 분리파교도*가 아닌 우리 민중의 신앙 표현에는 꺼림칙하고 설명되지 않는 뭔가가 많이 섞여 있었는데, 예컨대 성사, 예배, 금식, 성자의 유골이나 성화에 대한 숭배 등이었다. 민중은 이 둘을 서로 떼어놓을 수 없었고 나도 그러지 못했다. 민중의 신앙에 섞여 있는 것들은 참으로 괴이했지만 나는 모든 것을 받아들여 예배에도 나가고 아침저녁으로 기도도 하고 금식과 재계를 지키는 등 처음 한동안은 그 어느 것에도 이성의 관점에서 반대하지 않았다. 예전에는 불가능하다고 여겨지던 것이 이제는 내 안에서 아무런 반발도 일으키지 않았다. 신앙에 대한 나의 태도는 완전히 달라졌다. 과거에는 삶 자체가 의미로 가득

---

* 분리파교도는 17세기 중반 니콘 총대주교의 정교회 개혁 이전의 예식을 지키기 위해 공식교회에 반대한 정교회 신자를 가리키며 구교도라고도 불린다.

찬 것으로 보였고, 신앙은 불필요하고 불합리한데다 실생활과 아무런 관계도 없는 규정들을 제멋대로 주장하는 것처럼 보였다. 대체 이런 규정들이 무슨 의미가 있는지 스스로에게 물었고, 아무 의미도 없다는 확신이 들자 그것을 버렸던 것이다. 이번에는 정반대로 나의 생활에는 아무런 의미도 없다는 것, 아니 있을 수도 없다는 것을 똑똑히 알게 되었고, 신앙의 규정들은 불필요하지 않을 뿐만 아니라 오히려 삶에 의미를 부여한다는 것을 직접 경험하며 확신하게 되었다. 예전에는 이런 것들을 쓸모도 없고 읽기도 어려운 문서 따위로 여겼지만, 이제는 이해하지는 못하더라도 신앙의 규정에는 다 의미가 있다는 것을 알게 되었고 그것을 깨우쳐야겠다고 다짐했다.

나는 다음과 같은 추론을 펼치며 스스로에게 이렇게 말했다. 신앙의 지식은 이성을 지닌 인류와 마찬가지로 신비로운 근원에서 발생한다. 이 근원은 신이며, 신은 인간의 육체와 이성의 근원이기도 하다. 나의 육체가 신으로부터 비롯되어 나에게 전해졌듯 이성과 삶에 대한 깨달음 또한 신에게서 이어받은 것이므로 이 깨달음의 과정에서 어느 단계도 허위일 수 없다. 사람들이 진실로 믿는 것은 모두 진리여야 한다. 신앙의 지식은 아무리 다양하게 표현되더라도 거짓일 수 없고, 만일 거짓으로 여겨진다면 내가 제대로 이해하지 못한 탓이다. 또한 스스로에게 이렇게도 말했다. 모든 신앙의 본질은 죽음도 파괴할 수 없는 영원한 의미를 삶에 부여한다는 데 있다. 그러므로 신앙이 사치와 호사를 누리며 죽어가는 차르, 평생 고된 노동에 시달린 늙은 노예, 아무것도 모르는 어린아이, 지혜로운 장로, 분별력이 어두워진 노파, 젊고 행복한 여자, 열정에 흔들리는 청년 등등 생활수준과 교육의 정도가 다양한 모든 사람의 질문에 대답할 수 있다면, 즉 '나는 왜 사는가, 내 삶의 결과는 무엇인가?'라는 단 하나의 영원한 질문에 답이 오직 하나뿐이라면, 그 답은 당연히 무한하게 다양한 모습으로 표현될 수 있다. 그 답의 본질은 유일하고 진실하고 심오한 것이기에 각자 교육의 정도나 사회적 지위에 따라 괴이하고 기묘한 모습으로 표현되는 것도 당연한 일이다. 그러나 괴이해 보이는 신앙의 의례적 측면을 아무리 정당화해보아도 그 의심스러운 행위들을 따를 수는 없었는데, 신앙은 내 삶의 유일한 과업이었기 때문이다. 나는 민중과 하나가 되어 그들의 교회 의례까지도 지킬 수 있길 진심으로 바랐지만 그러지 못했다. 그 의례를 따른다면, 나 자신을 속이고 나에게 더없이 신성한 뭔가를 비웃는 일이 될 것 같았다. 그런데 때마침 나를 도우려는 것인지 러시아에서는 새로운 주장을 펴는 신학자들이 등장했다.

그들에 따르면, 신앙의 근본 교의는 교회의 무오류성이다. 그 교의는 교회가 신봉하는 모든 것은 필연적으로 진실이라는 결론을 내린다. 그렇게 나는 사랑으로 결합되고 참된 앎을 지닌 신자들의 모임인 교회를 신앙의 기초로 삼았다. 그리고 스스로에게 이렇게 말했다. 신의 진리는 한 사람의 손에만 쥐어질 수 없고, 사랑으로 결합된 전체에게만 계시된다. 진리에 도달하려면 우리는 분열되어서는 안 되고, 분열되지 않으려면 자기와 의견이 다른 사람도 사랑하고 받아들여야 한다. 진리는 사랑 앞에서만 나타나므로 교회의 여러 의례를 따르지 않는 것은 사랑을 파괴하는 것이다. 사랑을 파괴하면 결국 진리를 터득할 가능성도 잃어버리게 된다. 당시 나는 이 논증에 담긴 궤변을 깨닫지 못했다. 사랑 안에서 하나되는 것이 가장 지고한 사랑을 줄지는 몰라도 니케아신경*에 분명하게 명시된 신학적 진리를 줄 수는 없다는 것, 또한 사랑이 있다 해도 사람들이 하나되는 데 진리가 꼭 표현될 필요는 없다는 것도 깨닫지 못했다. 당시 이러한 논증의 오류를 알지 못한 나머지 정교

---

* 예수의 천주성을 부인했던 알렉산드리아의 아리우스파를 이단으로 정죄한 니케아공의회에서 325년에 선포한 신경(信經). 성자 예수와 성부 하느님이 동일한 본질임을 강조한다.

회의 의례 대부분을 이해하지도 못한 채 받아들여 지켰다. 당시 나는 온 힘을 다해 모든 논증이나 모순을 피했고 가슴에 와닿지 않는 교회의 온갖 규정을 되도록 합리적으로 설명해보려 애썼다.

나는 교회 의례를 따르며 이성을 억누르고 모든 인류에게 전해진 전통에 순종했다. 나는 조상들과 사랑하는 부모님, 조부모님들과 하나로 결합되었다. 그들과 그들 이전의 모두가 신앙과 더불어 살았고 나를 낳았다. 또한 나는 민중 가운데 내가 존경하는 수백만의 사람과도 하나로 결합되었다. 이러한 하나됨 자체에 나쁜 것은 없었다(나는 육욕을 묵인하는 것만큼은 죄악으로 여겼다). 예배에 나가기 위해 아침 일찍 일어날 때면, 이성의 오만을 억누르고 과거와 현재의 사람들과 가까워지기 위해, 또 삶의 의미를 찾기 위해 나의 육체적 안일을 희생한다고 생각하면서 스스로 훌륭한 행위를 한다고 여겼다. 재계를 할 때도, 매일 기도를 할 때도, 금식을 지킬 때도 마찬가지였다. 그 희생이 아무리 사소하더라도 모두 선을 위한 것이었다. 나는 집에서나 교회에서나 금식을 지키고, 재계를 하고, 정해진 시간마다 기도를 했다. 예배를 드릴 때면 말씀 하나하나 깊이 음미해 최대한 의미를 부여하려고 애썼다. 성찬

례에서 나에게 가장 중요하게 들린 말은 "우리 모두 한마음이
되어 서로 사랑합시다……"였다. 그다음 말은 "성부와 성자와
성령을 믿습니다"였다. 나는 이 말은 이해할 수 없었기 때문에
흘려들었다.

14

　나는 오직 살기 위해 믿어야 했기 때문에 교리에 내포된 여러 가지 모순과 모호함을 무의식적으로 못 본 체했다. 그러나 의례에 의미를 부여하는 데도 한계가 있었다. 연도連禱의 요점은 차츰 뚜렷해졌고 나름대로 그 의미를 설명해보려 했다. 가령 "지극히 거룩하신 우리의 성모님과 모든 성인을 기억하며, 우리의 생명을 모두 구세주 하느님께 바치나이다"라는 기도가 그랬다. 황제와 황족을 위한 기도를 자주 드리는 까닭은 그들이 서민들보다 유혹에 빠지기 쉬우므로 기도가 더 필요하기 때문이라고 나 자신에게 설명했고, 적들을 이기게 해달라는 기도에서 적은 악을 의미한다고 설명했다. 그러나 케루빔 찬미, 봉헌기도의 신비, 성모에게 바치는 찬송 등 예배의 3분의 2를 차지하는 것들은 전혀 설명하지 못했다. 그런 것들을 설명하다보면 거짓말을 하게 되고, 결국 신과 나의 관계를 완전히 망가뜨려 신앙의 가능성을 완전히 잃을지도 모른다는 생각이 들었다.

교회의 축일들도 마찬가지였다. 안식일을 기억하고 거룩하게 지키는 것, 즉 신과 소통하기 위해 하루를 바치는 것은 이해할 수 있었다. 그러나 정교회에서 가장 중요한 축일인 그리스도 부활 기념일은 이해할 수도 상상할 수도 없었다. 매주 돌아오는 이 축일에는 부활*이라는 이름이 붙여졌다. 언제나 이 축일에는 도무지 이해할 수 없는 성사가 거행되었다. 성탄절을 제외한 열두 축일은 내가 인정하고 싶지 않아서 생각도 하지 않으려 하는 기적이라는 것을 기념하는 주님승천대축일, 성령강림대축일, 신현대축일, 성모가호대축일 등이었다. 축일 행사에 참석할 때면 나는 가장 중요하지 않은 일이 가장 중요하게 여겨진다는 생각이 들었고, 마음을 가라앉혀주는 설명을 생각해내거나 유혹에 빠지지 않으려고 눈을 감아버리곤

---

* 러시아어의 '일요일(воскресенье)'은 예수가 십자가에서 죽은 지 사흘째 되는 날에 부활(воскресение)한 것에서 유래한다.

했다.

가장 중요하다고 여겨지지만 사실은 가장 일상적인 의례인 세례성사나 성체성사에 참여할 때 그런 기분이 가장 강했다. 의례 행위들이 지닌 의미는 어느 정도 이해되기도 했지만, 그것이 문제는 아니었다. 그 의례 행위들이 너무나도 매혹적이어서 나는 거짓말로 나를 속일지 아니면 내팽개칠지 고통스러운 딜레마에 빠졌던 것이다.

아무리 세월이 지나도 처음 성체를 받은 날 느꼈던 고통스러운 기분은 결코 잊지 못할 것이다. 예배, 고해성사, 계율 등 모든 것이 이해되는 듯했고 삶의 의미가 계시되는 듯한 기쁜 인식이 있었다. 나는 성체성사란 그리스도를 기억하고 죄를 깨끗이 씻어 그리스도의 가르침을 완전히 받아들이는 행위라고 나름대로 해석했다. 이것이 가당치도 않은 억지라는 것을 알지 못했다. 소박하고 온순한 사제 앞에서 스스로를 낮추는 마음으로 죄를 회개하며 영혼의 모든 더러움을 내젖히는 일은 너무나 기뻤다. 또 기도의 계율들을 마련한 사제들의 노고와 나의 노력이 하나가 되는 것이 너무나 기뻤다. 과거와 현재의 모든 신자들과 하나가 된다는 것이 너무나 기쁜 나머지 나는 나의 해석이 억지임을 느끼지 못했다. 그러나 제단 앞에 나아가 지금 삼키려는 것이 그리스도의 진짜 피와 살임을 믿노라고 말하라는 사제의 요구를 들을 때면 가슴에 심한 고통이 느껴졌다. 단지 거짓이라서가 아니라, 신앙이 무엇인지 전혀 알지 못하는 자의 입에서 나오는 참으로 잔인한 요구 같았기 때문이다.

지금은 그것이 잔인한 요구였다고 말할 수 있지만 그때는 그런 생각도 하지 못한 채 말할 수 없는 고통만 느꼈을 뿐이다. 이미 당시의 내 처지는 삶의 모든 것이 명백하다고 여기던 젊은 시절과는 달랐다. 신앙이 없는 삶에는 파멸밖에 없었기 때문에 신앙을 놓을 수 없었고 그저 복종했던 것이다. 그리고 내 안에서 복종하는 삶을 견디게 해주는 감정도 발견했다. 그것은 자기비하와 겸양이었다. 나는 신성을 비웃는 감정을 지우고 진심으로 믿게 되길 원하며 그리스도의 피와 살을 삼켰지만 마음은 이미 극심한 타격을 입은 터였다. 이제 나를 기다리는 것이 무엇인지 알고 나자 두 번 다시 성체성사를 할 수 없었다.

교회의 의례를 충실히 따르면서 여전히 나는 내가 따르는 교리에 진리가 있다고 믿었다. 그리고 돌이켜보면 아주 당연한데도 당시에는 이상하게 여겨졌던 일이 일어났다.

나는 글을 모르는 농민 순례자들이 신과 신앙, 삶과 구원에 대해 나누는 대화에 귀를 기울였고, 그러자 신앙의 지식이 나에게 계시되는 듯했다. 나는 민중과 사귀고, 삶과 신앙에 관한 그들의 생각을 들으며 점점 더 진리를 깨우치게 되었다. 나중에 애독서가 된 『체티이-미네이』와 『프롤로크』*를 읽을 때도 마찬가지였다. 나는 기적에 대한 부분은 넘기면서 이 책들을 특별한 생각을 드러내는 우화처럼 읽었고, 삶의 의미가 계시되는 듯했다. 대大마카리우스 성인과 인도의 왕자 이오아사프**(붓다의 이야기를 가리킨다)의 생애, 요하네스 크리소스토무스의 설교, 우물 속 나그네의 이야기, 황금을 발견한 수도사의 이야기, 세리稅吏 베드로***의 이야기, 죽음은 삶을 없애지 못한다는 것을 증명하는 모든 순교자의 이야기, 글도 모르고 어리석은데다 교회의 가르침에 대해 아무것도 모르지만 구원을 받은 사람들의 이야기 등등이 그것이다.

　반면, 교양 있는 신자들을 만나거나 그들이 쓴 책을 읽으면 곧바로 나 자신에 대한 의심, 불만, 논쟁하고픈 분노가 부글부

---

* 성자들의 생애와 교훈적인 글들을 담은 정교회의 책들.

** 인도의 왕자 출신으로 정교회의 성인. 이오아사프의 생애는 붓다와 많은 점에서 일치하여 학자들은 붓다의 전설이 중세 기독교 세계에서 변형된 것으로 본다.

*** 유스티니아누스 황제 시절 아프리카에서 세리로 일했던 성인.

글 끓어올랐고, 그들의 주장을 파고들수록 점점 더 진리에서 멀어지면서 낭떠러지로 내몰렸다.

15

나는 글도 모르고 배우지도 못한 농민들을 얼마나 부러워했던가. 나에게는 두말할 것도 없이 헛소리로 보였던 신앙의 규정들이 농민들에게는 조금도 허위가 아니었다. 그래서 그들은 순순히 규정들을 받아들일 수 있었고, 내가 믿으려 애쓴 진리도 믿을 수 있었다. 하지만 불행히도 나는 아주 가느다란 실로 허위와 함께 꿰매어진 그런 형태의 진리를 도저히 있는 그대로 받아들일 수 없었다.

나는 그렇게 삼 년을 보냈는데, 예비신자였을 때에는 조금씩 진리에 다가가면서 직관에 따라 좀더 밝아 보이는 곳으로 나아갔고, 규정과 진리의 충돌을 그리 놀라워하지 않았다. 뭔가 이해되지 않을 때는 스스로에게 내가 부족한 탓이라고 말했다. 그러나 진리를 파고들수록, 진리를 더욱 진지하게 삶의 기초로 삼을수록 이 충돌은 더욱 견디기 어려워졌고, 이해할 능력이 없어서 이해하지 못하는 것과 자신을 속이지 않고는 이해할 수 없는 것의 경계가 더욱 뚜렷해졌다.

이렇게 의심하고 괴로워하면서도 나는 정교회에 매달렸다. 그런데 해결해야 할 삶의 질문들이 연달아 나타났고, 교회가 내놓는 답들이 내가 살며 믿어온 신앙의 기초와 계속 어긋나자 정교회를 다닐 이유가 완전히 사라져버렸다. 삶의 질문이란 우선 무엇보다도, 정교회와 다른 교회들의 관계, 즉 가톨릭교나 이른바 분리파교도들과의 관계였다. 이 무렵 나는 신앙이란 것에 큰 관심이 생겨 가톨릭교도, 신교도, 러시아 구교도, 몰로칸교도* 등 다양한 교리를 믿는 사람들과 교제했다. 그중에서도 특히 도덕적이고 신실한 사람들을 사귀었다. 나는 그들과 형제가 되고 싶었다. 그런데 어떠했던가? 하나의 신앙과 사랑을 통해 모든 이를 하나로 결합한다던 그 가르침은, 최고 대표자들이 내세운 그 가르침은 그들 외에 다른 이들은 모두 거

---

* 러시아정교회에서 이단으로 여겨지는 종파로, 재계 기간에 유제품을 먹는다 하여 우유를 뜻하는 말 '몰로코'에서 이름이 유래했다.

짓 속에서 살아가고 있고, 악마의 유혹만이 그들에게 살아갈 힘을 주며, 자신들만이 유일한 진리를 가졌다는 것이었다. 정교회 사람들은 자신과 신앙이 다른 모든 신자를 이단으로 여겼고, 가톨릭교나 그 밖의 종파에서도 역시 정교회를 이단으로 여겼다. 또 정교회 사람들은 자신과 같은 신앙을 믿더라도 외적인 상징이나 언어가 다를 경우에는 배척했고 적대적 태도를 감추려고는 하지만 어쩔 수 없이 드러났다. 그 이유는 첫째, 너는 거짓되게 살지만 나는 진리에 따라 산다는 단언 자체가 타인에 대한 가장 잔인한 말이기 때문이다. 둘째, 누군가 내가 사랑하는 자식이나 형제를 거짓 신앙으로 개종시키려 든다면, 그가 누구건 나의 원수일 수밖에 없기 때문이다. 따라서 신앙의 규정을 많이 알수록 적의는 더욱 커진다. 나는 오직 사랑으로 하나됨에 진리가 있다고 생각했기에 신앙이 자신의 임무를 오히려 파괴한다는 사실이 더욱 충격적일 수밖에 없었다.

여러 가지 신앙을 믿는 나라들에 사는 우리 교양 있는 계층은 각 종교가 자신만 옳다고 주장하며 완고하게 다른 이들을 배척하는 경멸스러운 모습을 똑똑히 보았고, 그만큼 그 악의 유혹도 강력하여 처음에는 매우 당혹스러워했다. 가톨릭교도는 정교도나 신교도를, 정교도는 가톨릭교도나 신교도를, 신교도는 가톨릭교도나 정교도를 멸시하고 배척했으며, 러시아 구교도, 파시코프교도*, 셰이커교도, 그 밖의 모든 종파의 신자들 역시 서로를 멸시하고 배척했다. 당혹스러워진 우리는 스스로에게 말한다. 아니, 사태가 그렇게 단순할 리 없다. 다들 서로를 부정하기만 한다면 어느 쪽에도 신앙의 기초인 유일한 진리가 있을 수 없다는 것을 깨닫지 못한 탓이리라. 이렇게 된 데는 까닭이 있으리라. 나 역시 여기에 뭔가 원인이 있을 거라 생각해서 나름의 설명을 찾기 위해 많은 책을 읽고 되도록 많은 사람과 의견을 나누었다. 그러나 숨스키 연대 경기병들은 자기 연대를 세계 제일이라 생각하고, 군모에 노란 직사각형 장식을 단 창기병 연대 대원들은 자기 연대를 세계 제일이라 생각하는 것과 다를 바 없다는 설명밖에는 얻지 못했다. 온갖 종파의 성직자들과 최고 대표자들까지도 자기들만이 진리 안에 있고 다른 이들은 길을 잃었다고, 그들을 위해 기도하는 것이 자신들이 할 수 있는 전부라고 이야기할 뿐이었다. 나는 수도원장, 주교, 장로에게 묻고 스키마** 수도사에게까지 찾아가

---

* 바실리 파시코프가 이끈 분파로 복음을 중시했다.
** 러시아정교회에서 금욕주의와 은둔생활을 엄격하게 지키는 수도사에게 인정하는 영적 단계.

물어보았지만 그 악의 유혹에 대해 설명해주는 사람은 없었다. 한 사람이 대답해주긴 했지만 설명이 너무나 조잡해서 그 후 더이상 누구에게도 묻지 않았다.

신앙에 귀의하려는 모든 비신앙인들이(오늘날 우리 젊은이들이 모두 그러한데) 품는 첫번째 질문은 다음과 같다. 왜 진리는 루터교나 가톨릭교가 아니라 오로지 정교에만 있는가? 무지한 농민들과는 달리 김나지움에서 교육받는 그들이 신교도와 가톨릭교도도 자신들의 신앙만이 진리라고 단언한다는 것을 모를 리 없다. 역사적 증거들은 각자의 신앙에 유리하게 왜곡되어 있으므로 이에 대한 이해로는 충분하지 않다. 정교의 가르침을 더 높은 차원에서 이해할 수는 없을까? 참된 신앙인들에게는 여러 종교의 가르침들 사이에 구별이 없듯 정교의 가르침 역시 다른 가르침들과 구별이 없는, 더 높은 차원에 이를 수는 없을까? 우리는 러시아 구교도들과 손을 맞잡고 같은 길을 나아갈 수 없을까? 그들은 성호를 긋고 알렐루야를 외치고 제단 주위를 도는 방법이 우리와 다르다고 단언한다. 우리는 말한다. 당신들은 니케아신경을 믿고 일곱 가지 성사를 지키고 우리 역시 그렇소. 그런 소중한 것은 충실히 지키고 나머지는 원하는 대로 하시오. 다시 말해 우리는 본질적인 것을 본질적이지 않은 것 위에 놓으며 그들과 합치한다. 또 우리는 가톨릭교도들에게 이렇게 말한다. 당신들도 이런저런 중요한 것들을 믿고 있으니 그대로 믿고, **필리오쿼***와 교황에 대해서는 원하는 대로 하시오. 우리와 중요한 점에서 합치하는 신교도들에게도 똑같이 말할 수 없을까? 나와 이야기를 나눈 어떤 사람은 나의 의견에 동의하면서도, 그렇게 양보한다면 조상들의 신앙에서 벗어난다는 비난이 성직자 집단에 쏟아지며 결국 신앙의 분리를 초래할 것이라고, 또 성직자 집단의 사명은 조상들로부터 전해받은 그리스-러시아 전통의 정교 신앙을 가장 순수하게 보존하는 것이라고 말했다.

그때 나는 모든 것을 깨달았다. 나는 신앙을, 삶의 원동력을 찾고 있었지만 그들은 인간으로서의 일정한 의무를 타인 앞에서 수행하기 위한 최상의 수단을 찾고 있었다. 그리고 인간으로서의 의무를 수행하는 방식 역시 지극히 인간적일 뿐이었다. 아무리 길 잃은 형제들을 가엾게 여기고 지극히 높은 분의 옥좌에 기도를 드리더라도 인간의 일을 수행하려면 폭력이란 것이 필요하다. 폭력은 언제나 사용되어왔고 사용되고 있으며

---

* '성자로부터(filioque)'라는 뜻의 라틴어. 1054년 동방교회(정교회)와 서방교회(로마가톨릭교회)를 비극적 분열로 몰고 간 '성령 출원' 논쟁이 된 구절.

앞으로도 사용될 것이다. 두 종파가 저마다 자기가 진리이고 상대는 거짓이라고 여긴다면 길 잃은 형제를 진리로 인도하기 위해 자기가 믿는 가르침을 전해야 한다. 또, 진리의 교회에 몸 담고 있긴 하지만 아직은 미숙한 아이들에게 잘못된 가르침이 퍼진다면 교회는 거짓된 책을 불사르고 아이들을 유혹하는 자를 교회에서 추방해야 한다. 신앙이 삶에서 가장 중요한 일이라고 할 때, 정교회가 보기에 분명 거짓된 신앙의 불에 타오르고 있는 이단자가 교회의 아이들을 유혹한다면 어떻게 해야 할까? 그들의 목을 베거나 감옥에 가둘 수밖에 없지 않을까? 알렉세이 미하일로비치* 시대에 이단자들은 당시 최고형인 화형에 처해졌고 오늘날에는 최고형인 독방 감금을 선고받는다. 나는 신앙이라는 이름 아래 어떤 일이 자행되고 있는지 살펴보고는 공포에 휩싸였고 완전히 정교회를 떠나고 말았다. 삶의 질문에 대한 교회의 두번째 입장은 전쟁과 형벌에 대한 것이었다.

이 무렵 러시아에서 전쟁이 일어났다. 러시아인은 그리스도의 사랑이라는 명분으로 형제들을 죽이기 시작했다. 나는 이

* 러시아 로마노프왕조의 2대 차르(재위 1645~1676).

문제를 생각하지 않을 수 없었다. 살인은 모든 신앙의 근본에 어긋나는 악이라는 것을 간과할 수 없었다. 악을 저지르는데도 교회에서는 우리 군대의 승리를 위해 기도했고 신앙의 교사들도 그 살인행위를 신앙심에서 비롯되는 행위로 용인했다. 살인행위는 전시뿐만 아니라 전후의 혼란 속에서도 계속되었고, 길 잃은 구제불능의 청년들을 죽이는 일*을 찬양하는 교회의 구성원들, 교사들, 수도사들, 스키마 수도사들은 도처에 있었다. 나는 그리스도교를 믿는다는 사람들이 자행하는 짓들을 보자 공포에 떨지 않을 수 없었다.

---

* 1879년 '인민의 의지'당 소속의 혁명가들을 처형한 사건을 가리킨다.

16

　나는 의심하기를 그만두고, 지금까지 내가 얻었던 신앙의
지식에는 진리가 없다고 확신했다. 예전이라면 신앙은 모두
거짓이라고 말했겠지만 이제는 그럴 수 없었다. 민중 누구나
진리의 지식을 갖고 있다는 것은 의심할 수 없는 사실이었다.
그것 없이는 살아갈 수 없기 때문이다. 나 또한 나름대로 진리
의 지식을 얻었고 이미 그 지식으로 살아가면서 그 진실됨을
느꼈다. 그러나 그 지식에도 거짓이 있었다. 그 사실도 의심할
수 없었다. 지금까지 내가 경멸했던 모든 것이 눈앞에 생생하
게 나타났다. 민중에게는 내가 경멸했던 거짓이라는 불순물이
교회의 대표자들보다 훨씬 적었지만 어쨌든 민중의 신앙에도

진리에 거짓이 섞여 있었다.

그런데 거짓은 어디에서 왔고 진리는 어디에서 왔을까? 거짓이나 진리는 모두 교회의 전승, 이른바 거룩한 성서와 전설에 담겨 있었다.

나는 하는 수 없이 성서와 전설, 말하자면 지금까지 그토록 꺼려왔던 것을 연구하게 되었다.

일찍이 쓸모없다고 경멸하며 팽개쳤던 신학도 연구하기 시작했다. 예전에는 신학이 쓸모없는 헛소리들의 나열에 불과한 것으로 보였고, 명백하고 의미로 가득한 삶의 현상들이 나를 사방에서 둘러싸고 있었다. 건강한 머리에 들어오지도 않고 어디 둘 곳도 없는 것을 내버리게 된다면 정말 기쁠 것이다. 내 앞에 펼쳐진 삶의 의미라는 하나의 앎은 신앙의 가르침에 기초를 두거나, 적어도 떼어놓기 어려울 만큼 연결되어 있다. 낡고 굳은 나의 지성에는 아무리 기이하게 여겨져도 그 앎만이 유일한 구원의 희망이다. 학문을 이해하는 것과 같은 방식은 아니지만 아무튼 이 앎을 얻기 위해서는 신중하고 주의깊게 검토해야 한다. 신앙의 지식이 지닌 특성을 알고 있는 지금, 나는 학문적 지식을 구하지도 않고 구할 수도 없다. 이제는 만물에 대한 설명을 구하지 않을 것이다. 만물에 대한 설명은 만물의 근원처럼 무한 속에 숨어 있다는 것을 나는 안다. 그러나 도저히 설명될 수 없는 것까지 파고들어 깨닫고 싶다. 설명될 수 없는 것이 설명될 수 없는 까닭은 지성의 요구들이 옳지 않기 때문이 아니라(이 요구들은 어디까지나 옳고 그것들 없이는 아무것도 이해할 수 없다) 내가 지성의 한계를 알고 있기 때문이다. 설명될 수 없는 모든 것에서 신앙의 의무가 아니라 이성의 필요성을 보기 위해 나는 깨닫고 싶다.

신앙의 가르침에 진리가 있다는 것은 의심할 수 없는 사실이다. 그러나 그 속에 거짓이 섞여 있다는 것 또한 의심할 수 없는 사실이기에 진리와 거짓을 찾아내 둘을 구별해야 한다. 나는 바로 이 작업에 착수한 것이다. 내가 신앙의 가르침에서 찾은 거짓과 진리는 무엇이고, 어떤 결론에 도달했는지에 대해서는, 혹시라도 그럴 가치가 있고 누군가에게 필요하다면 언젠가 어디선가 출판될 이 저술의 제2부에서 다룰 것이다.

* * *

위의 글은 내가 삼 년 전에 쓴 것이다. 출판된 부분을 다시 훑어보고 그때 경험했던 다양한 감정과 사고의 과정을 돌아보던 중 며칠 전 꿈을 하나 꾸었다. 그 꿈은 내가 체험하거나 글로 썼던 것들을 집약된 형태로 보여주었는데, 꿈을 묘사해보면 내가 이 글에서 장황하게 늘어놓은 것이 새롭고 분명하게 종합되어 나를 이해해준 사람들에게도 도움이 되리라 생각한다. 그 꿈은 이랬다. 나는 침대에 누워 있는데 기분은 좋지도 나쁘지도 않고, 그저 반듯하게 누워 있다. 나는 누워 있는 것이 나에게 좋은지 나쁜지 생각해본다. 다리가 좀 불편하다. 침대가 짧은 건지 아니면 평평하지 않은 건지 아무튼 다리가 편치 않다. 다리를 움직여보면서 내가 어디에 어떻게 누워 있나 하고, 지금껏 해본 적 없는 생각을 한다. 침대를 살펴보니 나는 침대 테두리에 고정시켜 얽어놓은 밧줄 위에 누워 있다. 발꿈치는 이쪽 밧줄에, 장딴지는 다른 쪽 밧줄에 얹혀 있어 아무래도 불편하다. 어째선지 밧줄을 움직일 수 있을 것 같다. 그래서 발을 움직여 가장자리의 밧줄을 다리 아래로 밀어낸다. 그러면 편해질 것 같기 때문이다. 그러나 너무 멀리 밀어버려 다시 끌어올리려고 다리를 움직이다가 장딴지를 받치던 줄이 느슨해지면서 두 다리가 축 늘어져버린다. 밧줄의 위치를 금방 고칠 수 있겠다는 확신이 들어 온몸을 움직여본다. 하지만 몸을 받치던 줄들이 오히려 미끄러져서 빠지며 엉켜버려 일을 그르

친다. 하반신은 늘어진 채 허공에 매달려 있고 발끝은 바닥에 닿지도 않는다. 등 위쪽으로만 몸을 지탱하는 형국인데, 이제는 불편한 정도가 아니라 무섭기까지 하다. 비로소 지금껏 한 번도 머리에 떠오르지 않았던 물음을 스스로에게 던진다. 나는 대체 어디에 있고 무엇 위에 누워 있는가? 그리고 주위를 둘러보는데 무엇보다 먼저 매달려 있는 몸 아래쪽을, 곧 떨어질 것 같은 아래쪽을 내려다본다. 그렇게 내려다보다가 내 눈을 의심한다. 나는 높은 탑이나 산꼭대기 정도가 아니라 상상을 초월할 정도로 높은 곳에 있다.

매달려 있는 내 아래로 펼쳐진, 금방이라도 나를 집어삼킬 듯한 끝없는 심연에 무엇이 있는지 바라볼 엄두조차 나지 않는다. 심장은 움츠러들고 공포를 느낀다. 내려다보기가 무섭다. 내려다보기만 해도 금방 마지막 줄에서 미끄러져 죽을 것만 같다. 그래서 내려다보지 않지만 그래서 오히려 더 무서워지는데, 마지막 줄에서 미끄러지면 어떤 일이 생길지 짐작이 가기 때문이다. 공포에 짓눌린 나는 마지막 버팀줄마저 잃고 등이 서서히 아래로 미끄러진다. 한순간이면 떨어지고 말 것이다. 한 가지 생각이 머리에 떠오른다. 현실일 리 없다. 꿈이다. 깨어나라. 일어나려 해보지만 그럴 수 없다. 어떻게 해야 할까, 대체 어떻게 해야 할까? 스스로에게 물어보고 위쪽을 쳐다본다. 위쪽도 무궁한 심연이다. 하늘의 심연을 올려다보며 아래의 심연을 잊으려 애쓰고 정말로 잊어버린다. 아래의 무한은 소스라치게 무섭지만 위의 무한은 왠지 마음이 끌리고 든든하다. 나는 여전히 마지막 줄에 등을 걸친 채 심연 위에 매달려 있다. 매달려 있다는 것을 알고 있지만 하늘을 올려다보면 두려움이 사라진다. 꿈속에서 흔히 그렇듯 어떤 목소리가 들린다. "잘 보아라, 이것이 그것이다!" 위쪽의 무한을 향해 더욱 먼 곳을 바라보자 마음이 진정된다. 과거의 모든 일이 머릿속을 스친다. 다리를 움직이다가 심연 위에 매달리게 되었고 심한 공포에 떨던 중 마지막으로 하늘을 올려다보며 공포에서 벗어났음을 떠올려본다. 그리고 스스로에게 묻는다. 그래, 나는 지금도 매달려 있는가? 주위를 돌아보기도 전에 내 몸을 떠받치고 있는 중심점을 온몸으로 느낀다. 이제 나는 매달려 있지 않고 떨어질 염려 없이 단단히 떠받쳐져 있다. 내 몸이 어떻게 떠받쳐져 있는지 자문해보기도 하고 몸을 꼬집어보기도 하며 주위를 둘러보다 보니 내 몸의 중심부 밑에 밧줄 한 가닥이 걸려 있는 것이 보인다. 위쪽을 바라보다 보니 나는 그 줄에서 가장 균형잡힌 위치에 누워 있게 되었고 지금까지 그 줄 한 가닥이 나를 지탱하고 있었던 것이다. 꿈속에서 흔히 그렇듯, 나를 지탱하는 그 구조가 나에게는 너무나도 자연스럽고 이해하기 쉽고 확실한 것으로 보인다. 비록 잠에서 깨면 그 구조는 아무 의미도 없는 것이 될 테지만. 심지어 어째서 지금까지 이것을 이해하지 못했는지 꿈속에서도 놀란다. 머리맡에는 가느다란 기둥이 서 있는데 이 기둥이 튼튼한가 하는 것은 조금도 의심되지 않는다. 그 기둥을 받치는 게 아무것도 없는데도 그렇다. 잠시 후에 보니 기둥에는 단순하지만 솜씨 있는 모양으로 매듭이 하나 묶여 있는데 이 매듭에 몸의 중심을 얹고 하늘을 올려다보면 전혀 떨어질 일이 없어 보인다. 모든 것이 명백해지고 나는 기뻐하며 안도한다. 그리고 누군가 이렇게 속삭이는 듯하다. 보아라, 그리고 잊지 말아라. 나는 꿈에서 깨어났다.

1882년

인생에 대한 준엄한 성찰

    널리 퍼진 견해에 따르면 레프 니콜라예비치 톨스토이의 생애는 대조적인 두 시기로 나뉜다. 첫번째 시기는 행복한 결혼생활을 하며 창작에 전념했던 1860년대와 1870년대 전반으로 톨스토이는 대체로 사회적으로나 도덕적으로나 비난받을 여지 없이 살았다. 하지만 훗날 『참회록』에서 스스로 비판했듯 집안일이나 재산관리, 문학적 성공 등 극히 개인적인 관심사에 매몰되어 있었다. 이 시기에 그는 19세기의 가장 위대한 두 소설인 『전쟁과 평화』와 『안나 카레니나』를 집필했다.

    두번째는 두 작품을 쓰고 러시아를 대표하는 천재 작가로 인정받은 그가 갑자기 자신의 모든 창작은 쓸모없다고 선언하며 기생충처럼 살았던 지난날의 세속적 삶과 결별했던 시기다. 이 시기는 『부활』을 쓸 때까지 계속된다.

톨스토이는 신을 잊고 살았던 청년 시절과 성년 시절 초반을 부정하고 두 시기 사이에 명백한 도랑을 판다. 세계관의 전환을 가져온 내면적 위기는 그 자신도 "당시에는 그렇게 생각하지 못했지만 생각의 싹은 이미 안에서 움트고 있었다". 위기가 뚜렷하게 드러난 것은 완성 전부터 이미 넌더리를 냈던 『안나 카레니나』를 쓴 뒤인 1877년부터 『참회록』을 쓰던 1880년, 즉 그가 오십 세를 갓 넘겼을 때였다. 삶에 대한 역겨움과 권태가 그를 엄습했다.

작가로서의 명성은 날로 높아졌지만 그는 문학으로 만족하지 못했다. 근대 작가로서 꿈꿀 수 있는 온갖 영광과 명예를 겸허히 마다하고 세상의 일들 너머에 있는 '궁극의' 뭔가에 대해 깊이 사유했다. 작품이 아니라 현실의 삶에서 중요한 뭔가가 그의 사유를 지배했다. 아니 그는 그 뭔가에 매혹되어 있었다.

"그렇게 십오 년이 흘렀다." 그는 『참회록』에서 말한다. "그 십오 년 동안, 나는 글을 쓰는 일을 하찮게 여기면서도 계속 썼다. 작가로서의 삶이 가진 유혹, 보잘것없는 내 작품에 대한 막대한 금전적 보수와 박수갈채라는 유혹에 사로잡혀 있었고,

글을 쓰는 일만이 경제적 상황을 개선하고 나와 모든 이의 삶의 의미에 대한 질문을 마음속에서 지우는 길이라 생각하며 매달렸다. (…) 그렇게 살아가다가 오 년쯤 전부터 아주 이상한 일이 내 안에서 일어나기 시작했다. 어떻게 살아야 하는가, 무엇을 해야 하는가에 대한 막막한 의혹의 순간이, 삶이 멈춰버린 듯한 순간이 찾아왔고, 그럴 때면 당혹감을 느끼며 근심에 잠겼다. 그러나 그런 상태는 금세 지나갔고, 나는 종전과 같은 생활을 이어갔다. 그후 그런 의혹의 순간이 점점 더 자주 똑같은 형태로 되풀이되기 시작했다. 삶이 멈춰버린 듯한 상태에서는 언제나 똑같은 질문이 솟구쳤다. 무엇 때문에? 이제 앞으로는? (…) 나는 그것이 일시적이고 가벼운 병이 아니라 아주 중한 병과도 같은 일이라는 것을, 계속 되풀이되는 질문에는 어쩌됐든 답을 해야 한다는 것을 깨달았다. 그래서 그 질문에 답을 하려 했다."

의식적인 생활의 첫걸음을 막 내디뎠던 『유년 시절』을 썼을 때부터 이미 톨스토이의 영혼은 일견 평온해 보였지만, 내면은 고통으로 끊임없이 요동쳤고 마침내 아주 거칠어졌다. 그는 미치광이가 되다시피 했다. 종교에 대한 문제가 끈질기게 그의 마음을 사로잡았던 것이다.

"레보치카*는 줄곧 나에게 모든 것에 끝이 왔다고 말해. 곧 죽겠다는 둥, 세상에 즐거운 일은 하나도 없다는 둥, 삶에서는 이제 아무것도 기대하지 않는다는 둥 입버릇처럼 말한단다." 아내 소피야 안드레예브나는 1876년 9월 동생에게 보낸 편지에 이렇게 썼다. 아닌 게 아니라 삶은 그에게 종말을 고하고 있었다. 그는 타성적으로 생을 흘려보내고 있을 뿐이었다. 통렬한 내적 번뇌로 생활을 정지시키고 자살 충동으로 이끈 삶은 심술궂은 누군가의 비웃음 같았다.

"나는 사는 것이 싫어졌다. 어떤 불가항력적인 힘이 나를 휘어잡자 어떻게든 삶에서 벗어나고 싶어졌다. 곧바로 자살 생각이 들었던 것은 아니다. 나를 삶에서 떼어놓은 그 힘은 사적인 욕망보다 훨씬 억세고, 훨씬 충만하고, 훨씬 보편적인 것이었다. (…) 그래서 행복한 인간이었던 나는 장롱 횃대에 목을 매지 않기 위해, 잠자리에 들기 전 옷을 벗고 혼자 편히 지내던 방에서 줄이란 줄은 모두 치워버렸고, 손쉽게 목숨을 끊을 수 있는 방법에 유혹당하지 않기 위해 사냥도 다니지 않았다.

이 모든 일이 일어난 것은 어느 모로 보나 완전한 행복이라

---

* 톨스토이의 이름 '레프'의 애칭.

생각되던 것들이 나에게 주어지던 때였고, 아직 쉰 살이 되기 전이었다. 사랑하는 착한 아내와 귀여운 아이들, 애쓰지 않아도 저절로 늘어나는 거대한 영지가 있었다. 어느 때보다도 친구들과 지인들로부터 존경을 받았고, 모르는 사람들에게서도 찬사를 받았으며, 누가 보아도 명성을 누리고 있었다. 게다가 육체적으로나 정신적으로 아프지 않았을 뿐만 아니라 오히려 동년배들에게서는 좀처럼 볼 수 없는 정신적, 육체적 힘이 있었다. 농부들에게 조금도 지지 않고 풀베기를 할 수 있었고, 큰 스트레스를 받지 않고 여덟 시간에서 열 시간쯤 일에 몰두할 수 있었다."

"내 삶은 멈춰버렸다. 숨쉬고 먹고 마시고 잠자는 일은 의미가 없었지만 그렇다고 숨쉬지 않고 먹지 않고 자지 않을 수 없었다. 합리적으로 이룰 수 있다고 생각되는 희망이 없었기에 삶도 없었다. 뭔가 바라는 일이 있더라도, 그것을 이루든 못 이루든 결국 다 무의미하다는 것을 나는 알고 있었다. (…) 그저 하루하루 살고 걷고 또 걸어 심연에 도달했는데 내 앞에 파멸 외에 아무것도 없다는 것을 똑똑히 본 듯했다."

이와 같은 절망감에 자신에게 총구를 돌리는 일만큼은 피하기 위해 그는 엽총을 장롱에 넣고 자물쇠를 걸었다. 그리고 이

상태를 자신의 분신과도 같은 『안나 카레니나』의 등장인물 레빈을 통해 다음과 같이 그렸다.

"모든 사람들에게도 또 그에게도 그 앞길에는 그저 고뇌와 죽음과 영원한 망각만이 기다리고 있다는 것을 그때 비로소 분명히 깨닫고 이대로 살아갈 수는 없다, 자기의 삶이 그 어떤 악마의 심술궂은 조소라고 여겨지지 않도록 설명을 찾든가 혹은 자기 머리에다 총알을 박아버리든가 하지 않으면 안 된다고 굳게 결심했었다."*

한편, 『참회록』에서는 다음과 같이 썼다. "나의 삶은 누군가의 어리석고 잔인한 장난이다. (…) 이것저것 배우고 정신적으로 육체적으로 성장하면서 삼사십 년을 살았고 삶의 전반을 간파하는 분별력도 갖춰 이른바 삶의 정점에 오른 나를, 그러나 결국 삶에는 아무것도 없고, 없었고, 없을 것이라는 사실을 또렷이 깨달은 채 그 정점에 바보 중의 바보처럼 서 있는 나를, 누군가 우스워하며 어디선가 지켜보고 있다는 상상을 떨칠 수 없었다. (…) 악취와 구더기 외에는 아무것도 남지 않을 것이다. (…) 삶에 취해 있는 동안만 우리는 살 수 있다. 그러나

---

* 레프 톨스토이, 『안나 카레니나 3』, 문학동네, 2009, 483~484쪽.

깨어나는 순간 모든 것이 기만임을, 그것도 아주 어리석은 기만일 뿐임을 보지 않을 수 없다! (…) 그러나 나는 숲에서 길을 잃고 공포에 사로잡혀 길을 찾아 헤매는 사람, 한 걸음 내디딜 때마다 더 깊숙한 데로 빠져들 뿐임을 알면서도 미친듯이 돌아다닐 수밖에 없는 사람 같았다."

　그는 자신의 생활에 대해, 인생의 의미에 대해 자문했다. 그는 근원적인 사색의 즐거움을 위해, 지적 호기심을 위해 진리를 찾는 철학자가 아니라 절망 속에서 자기 자신을 지키기 위해 진리를 찾는 방랑자가 되었다. 그는 파스칼과 마찬가지로 심연을 직면하며, 혹은 심연 안에서 철학을 했고 죽음과 무에 대한 불안 속에서 삶을 탐구했다. 그리하여 사람은 무엇을 위해 사는가라는 질문에 대한 답을 찾아내기 위해 수많은 권위와 씨름했다. 그는 종횡무진으로 성현들에게서 가르침을 구하고 철학서들을 탐독했다. 삶의 의미에 대한 설명을 들으려고 쇼펜하우어와 플라톤, 칸트와 파스칼을 읽었다. 그러나 철학이나 과학은 그에게 답을 주지 못했다. 그들의 의견은 삶의 문제와 직접적인 관계가 없기 때문에 오히려 정확하고 명석하다는 것, 결정적인 조언을 구하려 하면 그들은 모든 답을 옆으로 제쳐둔다는 것, 무엇보다도 그에게 가장 중요한 질문, 즉 나의 삶이 어떤 시간적, 인과적, 공간적 의미를 지니고 있는지에 대해서는 아무도 답을 주지 못한다는 것을 깨닫고 더 큰 절망과 불안과 초조의 밑바닥으로 떨어질 뿐이었다. 경험적 지식은 세계와 인간 존재의 궁극적 목적이라는 문제에 대해 무지했다. 성실한 형이상학자는 이러한 문제들을 제기하기는 하지만 답은 주지 않았다.

그가 이러한 내적 위기에 빠져 『참회록』을 쓰고 있을 무렵, 아내 소피야 안드레예브나는 1878년 11월 8일자 편지에서 동생에게 다음과 같이 썼다.

"레보치카는 지금 저술에 집중하고 있어. 눈은 너무 지쳐서 묘해 보이기까지 하고 말도 거의 하지 않아. 세상일에 관한 생각은 모두 멈춘 듯해. 일상에 대해서는 아예 생각할 수 없다는 듯이."

그녀는 남편이 병에 걸렸다고 생각했다. 같은 편지에서 그녀는 다음과 같이 썼다.

"레프는 언제나 일을 하고 있는 거라고 말해. 지금은 종교 문제에 관해 쓰고 있어. 교회가 복음서의 가르침과 일치하는지 증명하려는 것 같아. 그런 일에 관심이 있는 사람은 이 러시아에 열 명도 안 될 거야. 그래도 할 수 없지. 내가 바라는 건 하나뿐이야. 하루라도 빨리 글을 끝내서 병도 지나가면 좋겠어.”

자살 외에는 빠져나갈 길이 없을 것 같은 위기, 그리고 답을 찾지 못하고는 견딜 수 없을 것 같은 비통함은 성숙을 위한 끊임없는 내적 투쟁의 한 단계에 불과했다.

1880년의 위기를 겪고 난 톨스토이를 방문한 이반 투르게네프는 편지에 이렇게 썼다.

“레프 톨스토이가 창작을 그만두었다는 것은 아무리 생각해도 용서할 수 없는 죄다. (…) 그런 예술가, 그런 천재는 지금껏 없었고 지금도 없다. 나 같은 사람도 예술가라 불리지만, 그에 비하면 과연 어떤 가치가 있겠는가! 오늘날 유럽 문단에서 그와 견줄 작가는 없다. 무엇을 쓰든 그의 펜이 건드리기만 하면 모든 것이 생생해진다. 그의 상상력은 또 얼마나 광대한가. 그저 아연해질 뿐이다! 그러나 그를 어떻게 해야 좋단 말인가? 그는 딴 세계에서 거꾸로 전락해버렸다. 온갖 언어로 쓰인 성서와 복음서에 둘러싸인 채 자기가 쓴 원고를 산더미처럼 쌓아놓고 있다. 그는 신비적 사상과 사이비 해석이 가득한 가방을 가지고 있다. 나에게 그 일부분을 읽어주었지만, 전혀 이해할 수 없었다. 나는 그에게 잘하는 일이 아니라고 말했다. 그러자 그는 ‘이것이야말로 참된 일’이라고 대답했다. 앞으로 그는 문단에 어떤 것도 내놓지 않을 것이다. 혹은 그가 다시 나타난다고 하더라도 그 가방을 들고 있을 것이다."

투르게네프의 말은 옳았다. 톨스토이는 이윽고 봉사의 중요성을 강조하는 사회적, 교훈적 저술들을 발표했다. 그는 오랫동안 내적 투쟁을 거친 뒤에야 자기완성과 악에 대한 무저항을 근간으로 하는 세계형제주의에 이르렀는데 이는 「마태복음」 5~7장의 산상수훈을 중심 내용으로 삼는다. 또, 원시 그리스도교를 일상 윤리로 따르며 노동과 금욕을 존중하고, 소박하고 단순한 생활을 주장한 그의 독자적인 사상은 『참회록』(1882), 『교리신학비판』(1891), 『나의 신앙은 무엇인가』(1884), 『그러면 우리는 무엇을 해야 하는가』(1885), 『인생에 대하여』(1887), 『예술이란 무엇인가』(1898), 『나의 종교는 무엇인가』(1902) 등에서 체계화되었다. 이렇게 톨스토이의 심미적 의식과 윤리적 의식은 분리되었고 이후부터 그는 윤리적 근거에서 자신의 예술을 거부했다. 그리고 마침내 미적인 활동에서 오는 쾌락을 저속한 것으로 여기게 되었다.

1896년 일기에서 그는 이렇게 썼다.

"최고의 미적 쾌락도 완전한 만족을 주지 못한다. 인간은 언제나 그 이상의 뭔가를 찾아왔고 오직 윤리적으로 선한 것만이 완전한 만족을 줄 수 있다."

러시아 최고의 예술가로 존경받는 톨스토이가 삶의 전환기 이후 문학과 숫제 담을 쌓은 듯이 신비적인 윤리학에 파묻혀 본래의 자신을 잃어가고, 자연과 인간에 대한 묘사에서 타의 추종을 불허하던 톨스토이의 책상에 몇 년째 성서와 신학 논문들만 쌓여 있다는 사실을 알고 의아해하던 투르게네프는 1883년 6월 27일 야스나야 폴랴나에 있는 톨스토이에게 한 통의 감동적인 편지를 썼다. 고리키처럼 그도 톨스토이가 귀중한 창작의 세월을, 세계적 가치를 지닌 그 창작력을 아무 의미도 없는 종교적 사변에 낭비하는 게 아닌지 우려했던 것이다. 한때는 자신을 톨스토이의 늙은 아버지라고 생각하기도 했던 투르게네프는 자신의 죽음이 가까워진 것을 감지하고는 이 뛰어난 대작가에 대한 충심과 걱정하는 마음에서 빈사의 중병에도 펜을 들었다. 그리고 그의 고국 러시아에서 가장 위대한 작가인 벗에게 부디 문학으로 돌아오라고, 마음을 흔드는 문장으로 애원했다. 그는 톨스토이에게 "러시아에서 가장 위대한 작가"라는 존호를 쓰며 다음과 같이 썼다.

"죽어가는 자가 마지막 충심에서 외치는 소원이오. 부디 문학으로 돌아오시오. 문학이야말로 하늘이 당신에게 내린 본래의 소명이오. 러시아의 가장 위대한 시인이여, 나의 소원을 들 어주시오!"

유럽의 많은 예술가들도 임종을 앞둔 투르게네프의 걱정과 애원에 힘을 보탰다. 외젠멜시오르 드 보귀에*도 1886년 톨스 토이에게 이렇게 호소했다.

"걸작의 장인이여, 우리가 들어야 할 도구는 펜입니다. 우리 가 갈아야 할 밭은 인간의 영혼입니다. 우리는 영혼을 지키고 더욱 풍성하게 만들어야 합니다. 러시아 농민 출신으로 모스 크바의 일류 인쇄업자가 된 사람이 다시 쟁기나 잡으라는 말 을 들었을 때 외쳤다는 말을 감히 당신에게 적어봅니다. '나는 보리의 씨를 뿌리기보다 정신의 씨앗을 세상에 뿌리고 싶소.'"

그러나 톨스토이의 내부에 잠재해 있던 예술가는 투르게네 프와 세상 사람들의 걱정과 달리 완전히 숨을 거두지 않았다. 이따금 그의 문학적 천재성은 제 권리를 요구했다. 그리하여 그의 내부에서 엄격한 도덕가 톨스토이가 줄기차게 윤리를 강 요했음에도 불구하고 예술가 톨스토이는 다시 몇 편의 진정한 예술작품을 발표했다. 『이반 일리치의 죽음』(1886), 음울한 농

---

* 1848~1910. 프랑스 외교관, 문학평론가, 고고학자.

민극『어둠의 힘』(1887), 희곡『계몽의 열매』(1889), 단편소설 「주인과 머슴」(1895), 장편소설『부활』(1899)이 그것이다.

그러나 피나는 내적 투쟁의 좁은 문을 빠져나온 톨스토이의 마음을 사로잡은 일은 그리스도교의 사명에 관해 세운 독자적인 사상, 그리스도교의 사명 가운데서 발견한, 혹은 재발견했다고 생각하는 진리를 세계에 알리는 것이었다.

스스로 진리를 깨달은 그는 자신의 깨달음에 부합하지 않는 모든 것을 비난하고 배척했다. 그의 저주는 지나칠 만큼 가혹한 솔직함 때문에 오히려 많은 사람에게 하늘의 계시처럼 울려퍼졌다. 톨스토이는 어떤 것에 대해서도 말할 수 있는 권리를 지닌, 세계의 도덕적 권위가 되었다. 그 자신도 이따금 그 사명을 아주 강하게 자각했는데, 1899년 일기에 이렇게 썼다.

"나는 한낱 인간이고 동물이지만, 때로는 선의 사자使者다. 나는 언제나 나이지만 때로는 대중이고, 때로는 쇠사슬을 쥔 심판관이 되어 맡은 책임을 다한다. 인간은 누구나 자신을 위해 이따금 쇠사슬을 손에 쥐어야 한다."

그는 진정으로 심판관의 특권을 충분히 이용했다. 그 결과 세계의 수많은 사람들은 인류를 위해, 인류와 함께, 인류 가운데서 새롭고 참된 가르침을 알리는 톨스토이, 인류의 고통을 자신의 고통처럼 느끼는 톨스토이가 사는 야스나야 폴랴나에 이목을 집중했다.

　1880년대, 나이 오십 무렵 생의 전환기를 겪고 난 톨스토이의 생활은 이후 세상 사람들이 '톨스토이주의'라고 부른 신념으로 가득차게 되었고, 그 신념은 가장 본질적이고 대표적인 저술들, 즉 『인생에 대하여』『참회록』『예술이란 무엇인가』『나의 종교는 무엇인가』『국민교육에 대하여』 등에서 명확히 드러났다. 그런 의미에서 톨스토이의 종교적, 사상적 고백 중 가장 중요하고 또 가장 흥미로운 『참회록』, 그리고 전환기 이후의 그의 교훈적 저술들은 톨스토이의 사상을 이해하는 데 중요한 열쇠가 될 것이다.

박형규

1828년   8월 28일, 툴라의 야스나야 폴랴나에서 니콜라이 일리치
         톨스토이 백작과 마리야 니콜라예브나 톨스타야의 넷째아
         들(레프)로 태어남. 형은 니콜라이, 세르게이, 드미트리.

1830년   8월, 어머니가 막내딸 마리야를 낳고 곧 사망.

1833년   형 니콜라이에게서 모든 이에게 행복을 주는 비밀의 '푸른
         지팡이'가 숲에 묻혀 있다는 이야기를 들음. 푸시킨의 시
         들을 암송해 아버지가 감동함.

1837년   1월, 가족이 모스크바로 이주함. 6월, 아버지가 툴라로 가
         던 도중 뇌졸중으로 사망. 고모가 후견인이 됨.

1841년   8월, 후견인 고모 사망. 세 형과 함께 또다른 고모의 집이
         있는 카잔으로 이주함.

1844년   9월, 카잔대학교 동양학부 아랍-터키문학과 입학. 사교계
         에 출입하며 방탕한 생활을 이어감. 이듬해 진급 시험에서
         떨어져 법학과로 전과.

1847년   일기를 쓰기 시작함. 루소, 고골, 괴테를 읽고, 몽테스키외
         의 『법의 정신』과 예카테리나 여제의 「훈령」을 비교 연구
         함. 4월, 대학 중퇴. 고향 야스나야 폴랴나로 돌아와 진보
         적 지주로서 새로운 농사 경영에 몰두하고, 농민계몽과 생
         활개선에 노력하지만 농노제 사회에서 이상을 실현하지
         못함.

1848년   10월부터 이듬해 1월까지 모스크바에서 방탕한 생활을 이어감.

1849년   4월, 페테르부르크대학교에서 법학사자격 검정시험을 치러 두 과목에 합격했지만 중도 포기하고 귀향함.

1850년   6월, '방탕하게 지낸 3년'을 반성함.

1851년   3월, 맏형 니콜라이가 있는 캅카스로 가서 입대함.

1852년   1월, 현역 편입. 9월, 네크라소프의 추천으로 잡지 〈동시대인〉에 중편 「유년 시절」 게재, 작가로서 출발함.

1853년   체첸인 토벌 참가. 전쟁의 부정과 죄악에 대해 일기에서 비판. 3월 〈동시대인〉에 「습격」 발표.

1854년   1월, 소위보로 임관. 3월, 다뉴브로 파견, 크림 방면 군대로 전속. 10월, 〈동시대인〉에 「소년 시절」 발표. 11월, 세바스토폴 도착.

1855년   6월, 〈동시대인〉에 단편 「12월의 세바스토폴」 발표. 9월, 〈동시대인〉에 「삼림 벌채」 발표. 11월, 페테르부르크로 돌아옴.

1856년   1월, 셋째형 드미트리 사망. 퇴역. 5월, 〈동시대인〉에 「1855년 8월의 세바스토폴」 「눈보라」 「두 경기병」 발표.

1857년   1월, 〈동시대인〉에 「청년 시절」 발표, 첫 유럽여행을 떠남. 7월, 야스나야 폴랴나로 돌아와 농사 경영. 〈동시대인〉에 「루체른」 발표.

1859년   잡지 〈독서를 위한 도서관〉에 「세 죽음」 발표. 러시아문학 애호가협회 회원이 됨. 야스나야 폴랴나에 학교를 세우고 농민의 아이들을 교육함.

1860년 3월, 최초의 교육 논문 「아동교육에 관한 메모와 자료」 집
        필. 7월, 외국의 민중교육 제도를 돌아보기 위해 서유럽여
        행을 떠남. 9월, 맏형 니콜라이 결핵으로 사망.

1861년 4월, 약 9개월간 유럽 교육시설을 돌아보고 귀국. 교육잡
        지 〈야스나야 폴랴나〉 간행. 5월, 투르게네프와 불화가 심
        해짐. 이듬해까지 분쟁조정관으로 활동, 지주들의 반감을
        사 사임함.

1862년 1월, 톨스토이의 교육사업에 대해 관헌의 비밀 조사가 시
        작됨. 5월, 바시키르의 초원에서 마유주(馬乳酒)를 마시며
        요양. 7월, 부재중 가택수색을 당함. 소피야 안드레예브나
        (당시 18세)와 결혼.

1863년 2~3월, 〈러시아통보〉에 「카자크들」 「폴리쿠시카」 발표. 6월,
        맏아들 세르게이 출생.

1864년 8월, 『L. N. 톨스토이 백작 전집』 1권 간행. 9월, 맏딸 타티
        야나 출생. 사냥중 낙마로 오른손을 다쳐 모스크바에서 수
        술받음.

1865년 1~2월, 『전쟁과 평화』 1부가 「천팔백오년1805 год」이라
        는 제목으로 〈러시아통보〉에 실림.

1866년 5월, 둘째아들 일리야 출생. 봄, 「천팔백오년」 2부 발표.

1867년 3월, M. N. 카트코프와 자비출판 계약 체결. 이때 처음으로
        '전쟁과 평화'라는 제목을 사용함.

1868년 3월, 〈러시아문서고〉에 「『전쟁과 평화』에 대한 몇 마디」
        발표.

1869년 셋째아들 레프 출생.

1871년 2월, 둘째딸 마리야 출생.『알파벳』(초등교과서) 1부 출판.

1872년 넷째아들 표트르 출생.

1873년 7월, 아내와 함께 사마라 도에서 빈민구제 활동. 읽고 쓰기 교육법, 사마라 도 기근에 대한 글을 〈모스크바통보〉에 기고. 11월,『L. N. 톨스토이 백작 전집』전8권 간행. 넷째아들 표트르 사망. 12월, 과학아카데미 준회원이 됨.

1874년 4월, 다섯째아들 니콜라이 출생. 6월, 맏딸 타티아나 사망.

1875년 1월, 〈러시아통보〉에『안나 카레니나』연재 시작. 2월, 다섯째아들 니콜라이 사망. 6월,『새 알파벳』간행. 10월, 딸(바르바라) 태어나자마자 사망.『러시아어 읽기』전4권 출판.

1876년 아동교육에 전념. 12월, 차이콥스키와 알게 됨.

1877년 5월, 〈러시아통보〉에『안나 카레니나』8부 단독 발표. 12월, 여섯째아들 안드레이 출생.

1878년 1월,『안나 카레니나』단행본 출판. 데카브리스트 연구를 위해 모스크바와 페테르부르크에 감.

1879년 7월, 일곱째아들 미하일 출생.

1881년 2월, 도스토옙스키의 부고를 접하고 슬퍼함. 4월,「요약복음서」완성. 7월,「사람은 무엇으로 사는가」어린이 잡지에 발표. 9월, 가족과 모스크바로 이주. 10월, 여덟째아들 알렉세이 출생.

1882년 모스크바의 인구조사 참가. 논문「그러면 우리는 무엇을 해야 하는가?」기고. 5월,「참회록」을 완성해 〈러시아사상〉에 발표하나 발행 금지됨. 7월, 돌고하모브니체스키 골

목의 주택 구매(후에 톨스토이박물관이 됨). 10월, 히브리어를 배워 구약성경을 읽음. 12월, 톨스토이의 종교적 저작을 위험시하는 포베도노스체프의 검열 강화. 중편 「이반 일리치의 죽음」 기고.

1883년 4월, 야스나야 폴랴나 저택 화재. 5월, 아내에게 재산관리를 맡김. 7월, 파리의 잡지에 「요약복음서」 게재. 10월, 죽을 때까지 가까운 벗이자 사상의 동지로 남게 되는 V. G. 체르트코프와 알게 됨.

1884년 1월, 「나의 신앙은 무엇인가」을 탈고함. 화가 게가 이 책에 쓸 초상을 그림. 당국에 압수당하지만, 사고로 유통됨. 2월, 공자와 노자를 읽음. 3월, 「한 미치광이의 수기」 기고. 5월, 금연함. 6월, 아내와의 불화로 가출을 시도함. 셋째딸 알렉산드라 출생. 11월, 비류코프가 찾아와 체르트코프와 함께 민중을 위한 출판사 '중개자' 설립.

1885년 1월, 〈러시아사상〉 제1호에 게재된 「그러면 우리는 무엇을 해야 하는가」가 검열로 발간 금지됨. 2월, 키시뇨프에서 톨스토이의 사상에 촉발된 최초의 병역 거부자 나옴. 헨리 조지의 『진보와 빈곤』에 감명받아 사유재산을 부정하며 아내와의 불화가 심해짐. 이후 모든 저작권을 아내에게 양도함. 2월 말, 「두 형제와 황금」 「소녀는 노인보다 지혜롭다」 「불을 놓아두면 끄지 못한다」 「사랑이 있는 곳에 신이 있다」 「촛불」 「두 노인」 「바보 이반」 「사람에게는 많은 땅이 필요한가?」 「캅카스의 포로」 등 다수의 민화 집필. 10월, 「참회록」 「요약복음서」 「나의 신앙은 무엇인가」 체르트코프 영역으로 런던에서 출판. 11월, 중편 「홀스토메르」 발표. 12월, 아내와의 불화가 심해지자 헤어지기로 결심.

1886년   1월, 아들 알렉세이 사망. 2월, 코롤렌코가 찾아옴. 5월, 희곡 『최초의 양조자』 발표. 10월, 『이반 일리치의 죽음』 발표.

1887년   1월, 동서고금 성현의 금언을 모은 『일력』 발행, 수백만 부 판매됨. 이후 『인생독본(원제: 독서의 고리)』의 토대가 됨. 중개자출판사에서 희곡 『어둠의 힘』 간행. 3월부터 육식을 금함. 4월, 로맹 롤랑의 첫 편지 도착. 레스코프가 찾아옴. 9월, 은혼식 올림.

1888년   2월, 막내아들 이반 출생. 파리의 극장에서 『어둠의 힘』 첫 상연. 4월, 종무원 『인생에 대하여』 발행 금지. 『최초의 양조자』 상연 금지. 5월, 『일력』 판매 금지.

1889년   3월, 『인생에 대하여』 프랑스어판 출판. 11월, 중편 「악마」 기고. 야스나야 폴랴나 저택에서 『계몽의 열매』 상연.

1890년   1월, 연극 애호가의 노력으로 『어둠의 힘』 러시아 초연, 베를린 초연. 10월, 「빛이 있는 동안 빛 속을 걸어라」 영어판 출판.

1891년   1월, 저작권 포기 문제로 아내와 대립. 4월, 「니콜라이 팔킨」 제네바에서 출판. 6월, 재산 문제로 처자와 대립, 가출을 고려함. 7월, 1881년 이후의 저작권 포기를 톨스토이가 신문에 공표하려 하자 아내가 철도에서 자살 기도. 9월, 중부와 동남부 21개 도에서 기근이 일어나자 농민 구제활동에 참가함.

1892년　1월, 〈데일리 텔레그래프〉에 「기근에 대하여」 기고. 5월, 「첫 단계」 발표. 7월, 아내와 자식들의 재산 분쟁.

1893년　1월, 『계몽의 열매』로 러시아극작가상 수상, 상금은 구제기금으로 기부.

1894년　1월, 모스크바심리학회 명예회원으로 추대. 헨리 조지의 「당혹한 철학자」를 읽고 토지 사유제도의 악폐를 깨달음. 슬로베니아 의사 마코비츠키와 알게 됨. 12월, 「종교와 도덕」 완성. 「복음서 해석」 발표. 두호보르교도와 처음 알게 됨.

1895년　2월, 아홉째아들 이반 사망. 3월, 〈북방 수기〉에 「주인과 머슴」 발표. 6월, 4천 명 두호보르교도의 병역거부운동이 일어나자 그 지도자로 지목되어 당국의 탄압이 심해짐. 8월, 체호프에게 『부활』 초고를 건넴. 농민 체벌에 반대하는 논문 「부끄러워라」 발표.

1896년　10월, 두호보르교도에게 원조금을 보냄.

1897년　여전히 가출과 죽음을 바람. 2월, 호소문 「도와주시오!」 때문에 국외로 추방된 V. G. 체르트코프, P. I. 비류코프, I. M. 트레구보프를 배웅하기 위해 페테르부르크로 감. 3월, 모스크바의 병상에 있는 체호프를 방문. 6월, 시베리아에 유형되는 두호보르교도를 모스크바 이송 감옥으로 찾아감. 8월, 스위스의 신문에 편지를 보내 병역을 거부하는 두호보르교도의 투쟁에 노벨평화상 수여 제안.

1898년　1월, 중개자출판사에서 『예술이란 무엇인가』 출판. 7월, 두호보르교도의 해외 이주 자금을 얻기 위해 『부활』 탈고에 전념. 8월 28일, 일흔번째 생일을 맞음. 10월, 〈니바〉에 『부활』을 연재하기로 함. 12월 19일, 모스크바 코르시 극장에서 톨스토이 탄생 70주년 기념회가 열림.

1899년 3월, 〈니바〉에 『부활』 연재 시작.

1900년 1월, 학술원 문학 부문 명예회원이 됨. 논문 「우리 시대의 노예」 기고.

1901년 정교회에서 파문당함. 광범한 대중의 분노를 삼. 4월, 파문 명령에 대한 「종무원 결정에 대한 대답」 집필, 발행 금지. 9월, 크림으로 요양을 떠남.

1902년 1~4월 폐렴과 장티푸스로 건강 악화. 정부는 톨스토이가 죽더라도 보도하지 말라는 통제 명령을 언론사에 전달함. 6월, 야스나야 폴랴나로 돌아옴.

1903년 심부전과 심근경색으로 쇠약해짐. 8월 28일, 톨스토이 탄생 75주년 기념회가 열림.

1904년 러일전쟁 반대론 「깊이 생각하라!」 기고. 둘째형 세르게이 사망. 10월, 『하지 무라트』 완성, 유작으로 출판(1912). 12월, 마코비츠키가 주치의로 입주.

1905년 1월, 체호프 「귀여운 여인」 후기 집필. 2월, 『인생독본』 출판.

1906년 11월, 딸 마리야 사망.

1907년 2월, 야스나야 폴랴나 학교를 다시 엶.

1908년 7월, 사형 반대를 주장한 「침묵할 수 없다!」를 국내외에서 발표. 9월, 『어린이를 위해 쓴 그리스도의 가르침』 출판. 톨스토이 탄생 80주년이 되어 연초부터 축전을 조직하는 발기인회가 생겼으나 정부, 종무원, 시당국이 방해. 그러나 9개월에 걸쳐 세계 각국 단체들, 개인들, 심지어 블라디보스토크 감옥의 죄수들까지 축하 편지와 전보를 보내옴. 검열을 거친 『인생독본』 출판.

1909년   탄생 80주년 기념 톨스토이 박람회 페테르부르크에서 개최. 1월, 툴라의 사제가 교회와 경찰의 요청으로 소피야 부인을 찾아와, 톨스토이가 죽기 전 참회했다고 민중에게 거짓으로 알리기 위해 그의 죽음이 임박하면 알려줄 것을 강요. 3월, 「고골에 대하여」 발표.

1910년   1월, 문집 『인생의 길』 편집, 완성. 2월 28일, 새벽에 마코비츠키를 데리고 가출, 수녀인 여동생이 있는 샤모르디노의 옵티나수도원에 머묾. 31일, 샤모르디노에서 기차로 남쪽으로 향함. 도중 오한으로 아스타포보역에 하차, 역장의 숙사에 누움. 11월, 자식들이 찾아옴. 폐렴 진단. 7일(신력 20일) 오전 6시 5분 영면. 9일 이른 아침 야스나야 폴랴나로 운구되어 고별식 뒤 형 니콜라이가 '푸른 지팡이' 이야기를 지어냈던 숲에 묻힘.

지은이 레프 톨스토이
1828년 러시아 툴라 지방의 야스나야 폴랴나에서 태어났다. 1852년 「유년 시절」을 발표하면서 작가로서의 첫발을 내디뎠다. 1862년 결혼한 뒤, 『전쟁과 평화』 『안나 카레니나』 『부활』 등 대작을 집필하며 세계적인 작가로서 명성을 얻었다. 1910년 방랑 길에 나섰다가 아스타포보역(현재 톨스토이역)에서 숨을 거두었다.

옮긴이 박형규
고려대학교 노어노문학과 교수, 한국러시아문학회 초대회장, 러시아연방 주도 국제 러시아어문학교원협회(MAPRYAL) 상임위원을 역임하고, 현재 한국러시아문학회 고문, 러시아연방 국립톨스토이박물관 '벗들의 모임' 명예회원이다. 국제러시아어문 학교원협회 푸시킨 메달을 수상했고, 러시아연방국가훈장 우호훈장(학술 부문)을 수 훈했다. 지은 책으로 『러시아문학의 세계』 『러시아문학의 이해』(공저) 등이 있고, 옮 긴 책으로 『전쟁과 평화』 『안나 카레니나』 『닥터 지바고』 『죄와 벌』 외 다수가 있다.

참회록
ⓒ 박형규 2022

초판 인쇄 2022년 1월 25일
초판 발행 2022년 2월 10일

지은이 레프 톨스토이 | **옮긴이** 박형규
책임편집 김혜정 | **편집** 김미혜 이희연 이종현 오동규
디자인 김현우 최미영 | **저작권** 박지영 이영은 김하림
마케팅 정민호 이숙재 박보람 한민아 김혜연 이가을 안남영 김수현 정경주 이소정
브랜딩 함유지 김희숙 정승민
제작 강신은 김동욱 임현식 | **제작처** 한영문화사(인쇄) 신안제책(제본)

펴낸곳 (주)문학동네 | **펴낸이** 김소영
출판등록 1993년 10월 22일 제406-2003-000045호
주소 10881 경기도 파주시 회동길 210
전자우편 foret@munhak.com
대표전화 031) 955-8888 | **팩스** 031) 955-8855
문의전화 031) 955-8895(마케팅) 031) 955-1904(편집)
문학동네카페 http://cafe.naver.com/mhdn | **트위터** @munhakdongne
북클럽문학동네 http://bookclubmunhak.com

ISBN 978-89-546-8487-3 03890

www.munhak.com